慢慢走
欣赏啊

韦松 著

安徽师范大学出版社
·芜湖·

责任编辑:胡志立
装帧设计:桑国磊
责任印制:郭行洲

图书在版编目(CIP)数据

慢慢走,欣赏啊!/韦松著. —芜湖:安徽师范大学出版社,2015.4(2024.6重印)
ISBN 978 - 7 - 5676 - 1721 - 6

Ⅰ.①慢…　Ⅱ.①韦…　Ⅲ.①散文集 - 中国 - 当代②随笔 - 作品集 - 中国
- 当代③诗集 - 中国 - 当代　Ⅳ.①I267②I217.2

中国版本图书馆 CIP 数据核字(2015)第 290959 号

慢慢走,欣赏啊!
韦　松　著

出版发行:安徽师范大学出版社
　　　　芜湖市九华南路 189 号安徽师范大学花津校区　　邮政编码:241002
网　　　址:http://www. ahnupress. com/
发 行 部:0553 - 3883578　5910327　5910310(传真)
　　　　E-mail:asdcbsfxb@ 126. com
印　　　刷:阳谷毕升印务有限公司
版　　　次:2015 年 4 月第 1 版
印　　　次:2024 年 6 月第 2 次印刷
规　　　格:700 × 1000　1/16
印　　　张:14.75
字　　　数:197 千
书　　　号:ISBN 978 - 7 - 5676 - 1721 - 6
定　　　价:59.00 元

憨憨君子　落落文章

我算是一个走天下的人，自然遇到了无数有着自己鲜明个性的人物。韦松被我看重，就是因为他的特别。

我总认为韦松是从初唐穿越而来，又被现代技术挽留住了的。读他的诗词，时常有穿越时空的感觉，我倚老卖老语重心长打趣他："韦松啊，你是初唐才子纯粹而清雅，是不是从那里穿越而来，忘记回去了？"他憨憨一笑，以示受用。

韦松无疑是这个时代的传奇。我和他相识于一个冬季，明明是一个穿着皮夹克、搭着羊毛围脖的现代青年，脑瓜子里却装满了诗词歌赋，每一篇都精彩，每一句都不可多得，不知不觉要感叹，可惜了，韦松晚生了百八十年。

我认识韦松，也是一个传奇。

1996年之前，我是湖南省株洲市一家央企的机关职员，厂址隐藏在一个四面环山的小盆地里，而韦松则是安徽省省会合肥市的青年。我们俩不但相隔天涯，而且年龄上也相距甚远。如果不是因为我的大胆，我和韦松是永远也不会认识的。

那一年，我就要满45岁了，孩子上了大学并且离家了，正所谓"空巢期"。细思量，个人奋斗已达顶端。在那样的企业里，45岁被列为"退休后备队"。我想，我要用十年的时间去熬，熬到那笔退休金，似乎是在把往后的生命切成十段，自己正在一段一段地卖出去，好恐怖的事情。转念一想，假若我用十年的时间去努力，开创一片新天地，也许会有不同的收获。于是，我辞职了，摔碎了国有企业的铁饭碗，成为一个到市场经济洪流中捞饭吃的人。

当我决定自己寻找人生新方向的时候，没有采用客观冷静的办法，而是非常主观率性地让方向选择了我。我将那些我想去而没有来得及去的城市名称写在小纸片上，然后搓成了纸阄，抓阄决定，也就是看哪个方向能接纳我的意思，而我一打开抓到手的纸阄，就是"合肥"。

合肥是安徽省的省会，上百万人口，生活在合肥也不一定能认识家住合肥的韦松。幸运在于，我作为一名自由撰稿人在合肥流浪一年多之后，被合肥晚报副刊部特聘为采编，接手《情感空间》《法律广场》《人在旅途》等版面的编辑。

合肥晚报是合肥市委的机关报，对编辑和作者都有非常严格的要求。对于采用了文稿的作者，样报、稿费都要及时邮寄，所以，编辑与作者之间的联系也很紧密。某种意义来说，作者是编辑的支持者。没有好的作者，好的作品，编辑的版面就会索然无味，那么编辑就可能要下课了。

我和韦松的友谊，正是从寻找好稿子开始的。

2000 年的秋天，我到合肥晚报社综合副刊部工作的第一周，第一个版面就遇到了"巧妇难为无米之炊"的难题。我花了九牛二虎之力才组到四篇合格的稿子，将四篇稿子排定之后，还有一个 300 字的空当，正好可以再添一条补白。在一摞摞的旧稿中，翻找了两个小时，最终找到了几篇符合我用的短稿，拿到桌面上一看，嘿，不同的稿纸不同的墨迹，竟然署了同一个名字：韦松。这是个非常特殊的作者啊！一笔工整的蝇头小楷，文字内容也正是我喜欢的有点黑色幽默的韵味，就是它了！于是，大笔刷刷，删掉两行，便嵌进版面中。其余的几篇都悉数保留下来，留作今后的补白。

按照报社规定，作者的稿件见报之后，24 小时内必须填写好稿费单交到总编室，同时要将作者的样报邮递出去。

我则在样报中夹了一封短信，对韦松的短章夸奖了一番，并且告诉他，短稿子的启用率起码是百分五十的机会，而长稿的启用率几乎不到百分之十，希望将来坚持短稿路线不动摇。从此，韦松成了我的版面的铁杆支持者。不但自己给我写稿，还帮我发展青年作者的队伍，比如朱军东、许华明、周长霞……后来逐渐熟悉了，我还自作主张给他取了个"松子"的笔名。

我对韦松很好奇，虽说文如其人，但是百闻不如一见，于是在一封样报中就夹了一个邀请函，希望到报社来见个面。来到眼前的韦松，十足的少年夫子，笑得单纯见底，腼腆，也很有厚度。这让我想起了庾信《谢赵王示新诗启》中的句子："落落辞高，飘飘意远"。

此后，韦松就撰写短稿，越写越灵动，越写越有深度，也越写越长。我们的友谊也发展到了请他们几位到家来喝喝自己泡的小酒的程度。

2005年春天，因为我和先生叶小平想为社会做点事情，我辞职离开合肥晚报，并决定离开合肥去其他城市居住。临行前，请韦松和朱军东、胡晓庆等一班朋友到家喝了告别酒。第二天他们送行到车站，韦松竟然哽咽，我也很难受。

2006年春天，因为对合肥对朋友万分不舍，我们重回到合肥，再续与这几位青年作者的缘分，成了合肥居民，也就成了合肥晚报的忠实读者。有一天，我看到在晚报的时尚周刊上，韦松竟然洋洋洒洒地包办了两个整版的专题。补白小稿的作者如今成了大稿作者，我的欣喜无法形容，立即电话韦松祝贺。从那以后，韦松的撰稿越来越丰沛，作品投稿到全国各地，自是让我感到特别的自豪。

2011年冬天，叶老师甲状腺肿瘤需要手术，在安医附院供职的韦松承担了手术的全部安排工作，虽然是夫子一个，但处理事情却有条有理，安排得非常到位。记得叶老师被推进手术室的时候，只有韦松和我守候在手术室大厅等待。那种寂静无声但又随时濒临崩溃的漫长时间里，韦松就是我的精神支柱。所以我说，韦松你虽是夫子，但也有顶天立地的力量呢。

我们夫妻两个那些年一直在"成长110"的行走中，为中国少年成长辩护，呐喊不是孩子的错，宣讲青春期就是蜕变期，挫折挣扎就是他们的常态，因而被称为行走天下大侠。侠则侠矣，对不起的却是韦松、朱军东这帮在后面默默支持我们的小朋友。

记得我们夜宿一些荒僻的小镇，内心忐忑不安的时候，就会发信息告诉他们，我们夜宿在什么位置，什么店哪个房间，这其实就是亲人的托付，一旦发生意外，身后事就全权委托给他们了。最内疚的是，我们的时间总是不够用,要应对的前方事务总是侵占了我们的时间,作为后方的朋友,想见一面都不容易,非常地对不起这些年轻的朋友。

现在韦松终于也要出书了,真是一件让我感到很兴奋的事情。

《慢慢走,欣赏啊!》是韦松近二十年来所写的散文、随笔、诗词的合集。这本书从韦松自己的眼光出发,围绕着他的亲情、友情与爱情,以及身边发生的人和事,用一支满载自己性灵的笔将自己的心灵感受真实地记录下来。风格雅致恬淡,不时透露着一丝幽默风趣,在长长短短的文字里折射出作者多年来的心路历程。

在这些篇章中,韦松以散淡恬静的笔调、清新的语言为读者描绘了多姿多彩的世界。韦松是一个性情率真、重情重义之人,所以在他的各个时期的文字里都满溢着一个"情"字。

在这些文字里,有反映血浓于水的亲情的专辑——"亲情永远"篇。韦松是一位热爱生活、热爱家庭的人,生命中的每个人在他的心里都不是匆匆过客。他用他的那支充满朴实情感的笔,写出了对家人的深切眷念。我们看到的是浓浓的乡情和朴实温暖的乡俗民风。韦松曾经在乡下居住了十几年的光阴,这段经历给了他诸多美好温馨的回忆。这里有对家乡亲人的怀念,也有对乡风乡俗的生动刻画。相信这一切都会让奔波在外的游子产生深切的共鸣。

也有反映深厚友情的专辑——"友情芬芳"篇,虽然所选辑的文字不多,但所描述的人物都是作者这些年相交甚深的好友。俗话说物以类聚,从这些文字中走来的朋友,完全可以让读者深切感受到韦松是怎样的一个人。韦松常说,朋友不多,但死党也是有几个的。人这一辈子能够有这样的几个朋友,真是幸事。

更有反映了作者自青少年时代对爱情的向往直到现在建立小家庭的种种感受,这集中反映在"家居风景"这一专辑里。这里有寂寞少年对身在围城的想象,对单身生涯的彷徨,也有中年男人对家庭的解读。作者的感情世界是细腻的,笔调是轻灵活泼的。读者可以在这些文字里看见一位沉默少年是怎样一步步沿着深深浅浅的足迹步入中年的。

当然，韦松作为一个社会中人，自然也是在茫茫人海里浮浮沉沉，如茶杯里上下翻腾、舒卷开来的片片茶叶，诸多感悟是免不了的。好在，韦松有着一颗文心，一支善于记录内心的笔。于是对生活的酸甜苦辣，全浓缩在"身在红尘"这一辑的笔墨里。读者随着韦松的笔触，可以真切触摸到他的内心世界，感受到他的真实与平凡。

至于闲情逸致，韦松始终认为，这是平常生活不可或缺的一部分，身心健康才是最重要的。所以忙里偷闲，让疲惫的心能够有一个放飞的空间，用清雅的笔墨滋润着自己，这是作者最喜欢的方式。他的文字有相当一部分属于小品文范畴，一个细小物件都能引起韦松的一些思索，一些感叹。这也正是他的文风细腻之处。

"人物速写"是作者最有个人特色的一组篇章。通过一篇篇短小精干的文字，生动刻画了一个个鲜活的人物形象。作者对人物瞬间的神态、语言、动作的刻画如同速写一样，几笔勾描就是一幅生动的人物肖像，出彩出活。这是韦松最可为人道的地方。

至于诗词百十来首，那是近几年来韦松闲暇之时，有感而发的性灵之作。或清新或灵动，或凝练或厚重，颇有几分古意。喜欢古典诗词的读者自然会领悟到其中的才情与雅致。

此书乃韦松的诗文合集。作此介绍，希望对阅读有所裨益。

值此韦松的作品集问世之际，我遥遥地祝福他，文思泉涌永不枯竭，身心安泰家和万事兴。

萧 芸

（《知青福音书》的作者，安徽省作家协会会员，著名纪实文学作家，"成长110公益援助"发起人主持人。）

序言

目　录

第四辑　友情芬芳

第五辑　家居风景

第三辑　亲情永远

第六辑　人物速写

第七辑　诗词选辑

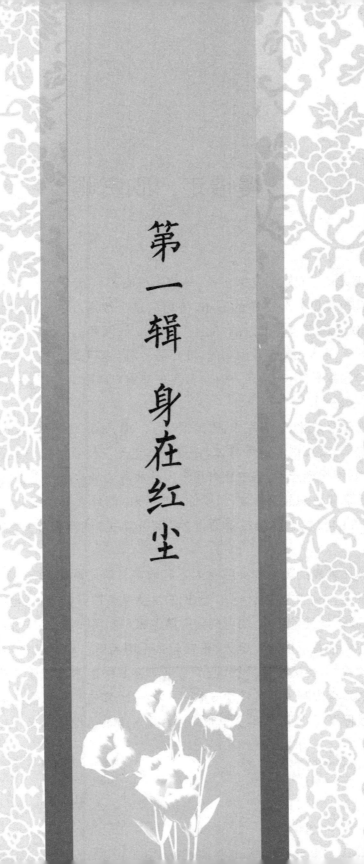

第一辑 身在红尘

慢慢走，欣赏啊

那天晚上我从朋友家出来，马路上已看不到几个人了。等了将近半个钟头也没见到公交车的影子，碰巧又是个很清冷的雨天，抬眼看看四周，马路上除了奔驰而过的"的士"，只有三三两两的行人在时疏时密的雨中急行。虽然我是带着雨伞的，可心里还是有些毛躁，立在站牌下面一边缩着脖子跺着脚，一边还不时向着汽车来的方向瞅上几眼，生怕错过了最后一班公交车。

车还是没来，一看手表，已是很晚了。得，不就几站路吗，我也不想再等下去了，就算锻炼锻炼身体，还是快些走吧。反正回家已是迟了，撑着雨伞，我慢慢地走着，偶尔还有几个人从我身边越过。我东看看，西瞧瞧，倒也不急了。想起来也怪，只要你心境平和，看什么都顺眼了。比如这雨吧，现在的我就觉得落在伞面上的"滴答滴答"的声音简直就是音乐的节拍。

忽然就真的听见我身后有人唱起歌来："哗啦啦啦啦下雨了，看到大家都在跑，哗啦啦啦啦计程车，他们的生意是实在好，你有钱坐不到……"嘿嘿，我不禁笑了起来，倒也挺会应景的嘛。回头一看，却吃惊不小，原来竟是一位拄着双拐的年轻人，正在起劲地唱着呢。看起来也不过二十五六岁的模样，虽然披着雨衣，但浑身上下还是被雨水打湿了不少，特别是有那么几缕湿漉漉的头发顽皮地贴在额头上，实在叫人忍俊不禁。

我停下了脚步，等他。"你的歌唱得不错嘛。"他抬头望了望我，露出一排洁白的牙齿，友善地笑了，"哎呀，只是随便哼上几句，说不上好不好的。""这么晚了，怎么不急着回家呢？""哦，反正前后左右都是雨，慢慢走吧，家还远着呢。看看雨夜的景致不也很好吗？"这家伙倒也挺幽默的呢。我不禁多看了他几眼，他还是那副乐呵呵的表情，一点也看不出有一丝一毫残疾人的怨天尤人的模样来。

想起来也是，在生命面前，人人是如此的平等。"上帝在关闭一扇门的同时，也会给你打开一扇窗。"往往就是这些被我们冠以"弱者"称谓的人是最能够正视生命的。在生命的旅途中，他们热爱生活，尊重生活，打开这扇窗去用心欣赏着生命中的美丽，然后充满深情地对我们说："慢慢走，欣赏啊！"

"伊妹儿"伴我在每一个夜晚

我经常会坐在电脑前发一会儿呆，很有一点怜惜地瞅着右手中指内侧的老茧，这可是学生时代写字磨出来的。十几年的光阴，该负载多少支笔啊！可是现在呢，茧子虽然还在，我却早已将纸笔丢在一边，与电脑打得火热了。

其实刚开始接触电脑的时候，总觉得不太习惯，朋友们熟悉的各具特色的笔迹都成了匹平八稳的方块字。不管是男是女，无论是喜是忧，一眼看上去，字体都是一个样，分不清是粗犷还是娟秀，是欢快还是沉滞。这种情况很让我郁闷了一阵子。

可我还是渐渐地发现，互联网真的不得不说是一件好东西，它能够让人们几乎感觉不到距离。现在的我已经离不开电脑了，如果晚上没有在电脑前坐一会儿，总觉得心里不怎么安稳。你想啊，在万籁俱寂的夜晚，只听见清脆的键盘的噼里啪啦的声音，这是一个多么好的画面！在这样的背景之下，通过鼠标的轻轻一点，你的喜怒哀乐就被传送到世界上的任何一个角落，无论你的朋友近在咫尺还是远在天涯。

我现在已经不知不觉养成了每天晚上都要到网上溜达一圈的习惯，即使什么也没有做，到网上看看朋友们最近有没有邮件过来也是好的。

就在今天，我又收到一封邮件，是远在天津的当年的高中同学写的。他将最近几年在外地出差时拍的照片发了过来，这样，我不用出门，就知道了各个地方的风土人情，特产名吃。比如天津的麻花、狗不理，山东潍坊的风筝,到了北京,又发现在王府井大街有一处惟妙惟肖的拉琴卖唱的雕塑……

　　在网络上,我与许多朋友、师长通过"伊妹儿"保持着一定的联系。即使三天两头得不到他们的消息,但是我在信箱里见到那些熟悉的名字,心里一样是感到暖暖的——在每个寂静的夜晚,我在网络上尽情地倾诉、用心地倾听……

路上的风景

　　清明时节，离乡很久的我陪着父亲回了一趟老家，给爷爷奶奶扫墓。在车站等车的时候，不禁想了想，我在城市里已经待了很长时间了，整天为自己的事情忙碌着，我有几年没有回去看望故乡的亲人了呢？他们还好吗？

　　到老家的车不少，但是都很破旧，只是小面包车罢了。还没走近，那个司机小伙子已经拉开车门候着了。问了价格，比平常涨了一元。笑，怎么这时候还涨？他也笑，今天不是清明吗，趁这个机会呗。憨厚里透着狡猾。我们也就不说什么了，跳上了车。

　　找个座位坐了下来，四下一看，已经有人在我们前面先上车了。空间本来就小，人一多张显得拥挤，但是所有的人都不怎么说话，默默地坐着，一下子觉得空气很是憋闷。也许时在清明，气氛就应该是这样的凝重吧。想想也是，本来我们是相互不认识的，有着各不相同的人生轨迹，现在，仅仅只是因为一个传统风俗，才交汇到一段短短的旅途上来呢。

　　车子慢慢开动了，载着我们朝各自的目的地而去。有人开始在车里抽烟了，想来心里有什么难事或者伤心事？我被呛得够呛，也不好说什么，只好歪过头去，看着窗外消遣。渐渐的，外面的景致生动起来，不再是繁华的都市大厦，而是久居城市的我很少见到的稀疏的树木，低矮的砖瓦平房。快看，田埂上还有一条水牛在慢慢地踱着自己的方步呢，这些在我眼睛里竟然成了一幅农家大写意的图画。也不知道为什么，我不禁想到

慢慢走，欣赏啊

一首老歌里的几句歌词,饶有兴致地轻声哼唱起来,"袅袅炊烟,小小村落,路上一道辙……"

偶然抬起头来,车上的人们还是和先前一样,很少有说话的声音,都在微闭双眼打盹。而我,却在用这旅途上的短暂时间欣赏着人生的风景,调整自己的心态,走好自己的人生之路。

如我这样的从学校出来就直接进单位的年轻人,什么事情也用不着操心,也没有什么事情值得自己去狂喜、去伤感。生活除了学习,就是上班,总是两点一线,枯燥的生活造就了我随遇而安、简单平和的性格。有时候真觉得自己不适宜生活在这个太现实的社会。

窗外是一片黄灿灿的田野,油菜花开的正是时候。在她们的脚边,荠菜也怯怯地开出了一朵朵小花。在吟咏辛弃疾的词"春在溪头荠菜花"的同时,我真真切切地看见春姑娘正在微笑着向我们走来。

最是一年春好处,就在生机盎然的农村。假如不是清明时分,还不知道我什么时候才能够回到乡下,回到这充满春之希望的山野田间呢。尽管现在这仅仅是我生命中的一个栖息的驿站,也毕竟是一个难得的美丽点缀。在我的人生路上,我会慢慢回想,仔细品味……

麻 雀

走在寒风料峭的冬日里，实在是一件痛苦的事情。抬望眼，路边光秃秃的树枝更是显得毫无生气。可是即使这样，也时常会有三五成群的麻雀从枝头屋顶扑愣愣地飞起，落在前面的不远处，用调皮的眼睛看着我。有时候我也会停下脚步用欣赏的眼光和它们对视，生怕惊吓了这些幼小的生灵。那一蹦一跳的可爱的模样，多么像儿时痴迷玩"跳房子"游戏的我们啊！

听老一辈人说，"除四害"刚刚兴起的时候，麻雀也是其中之一。尽管以后被平反昭雪，想来也是心有不甘吧。可在儿时的我们眼里，麻雀就是麻雀，不必明白它对农作物是有益还是有害，只要知道它给我们朴实无华的童年带来了一抹亮色就够了。

小时候是很少有玩具的，我们只好自己给自己找乐。一个大院里住着不少小萝卜头，最能够出点子的就是邻居家的小四了。上树掏鸟，下河摸鱼，没有他不会的。冬日的中午，天冷的紧，我们坐在自家门口晒着太阳发呆，他倒好，开始研究起怎么逮麻雀玩了。

应该说他用的是"请君入瓮"法。一根木棍支起一个大簸箕，里面撒一些饭粒，然后用一根细线系在棍子上，拉到远处，我们就守在那里，看见有麻雀进去吃食了，把线一拉，簸箕也就随着棍子倒下而合在地上。这时我们再嘻嘻哈哈跑到跟前看，一准有个小麻雀在里面唧唧喳喳地叫着。赶紧怀着一腔欣喜回家拿个橡皮筋，在自己的指头绕一圈，另一头绑在麻雀的腿上,让它在手心里散步,弄得手掌和心里都是痒痒的,舒服极了。没有想到上学后读了鲁迅的文章,才知道这个邻家小四和童年闰土的机灵调皮简直是如出一辙。看来儿童的天性真是相通的呢。

儿时因为父母上班都忙,我在乡下的奶奶家生活了两年。朴素的日子倒并不在乎,只是爸爸妈妈回老家,我总是跟着他们要回去。姑妈故意逗我说,走啊,逮麻雀去。于是我就傻呵呵地到后面菜园去了,早把吵着回去的事情忘得干干净净。等明白过来,也只好无奈地说一声,走就走了吧,我逮麻雀玩去。

也许正因为在乡村长大,所以我对麻雀这样的小动物一直有着很亲切的感觉。现在的我看见一只只麻雀在我身边起起落落,看着看着心里就热了起来,有着如逢故人的欣喜,仿佛它们仍然跳跃在我的朴实无华的童年时光里……

乡村的夏夜

都市里的夏夜真的越来越热。用电风扇吧，根本没有什么太大的效果；开空调吧，又不能从晚上开到第二天一早，夜里冻得一身鸡皮疙瘩，还是要爬起来调整温度；更有节俭一点的，干脆就一下关了。

现在的夏天，就是这样的让人尴尬，让人烦躁。入夜很久了，但是我躺在床上怎么也睡不安稳，想东想西的。忽然就想起小时候生活在乡村，没有电扇更没有空调的生活，我是怎么样过来的。

还记得当年一个大院里住着很多的邻居。到了晚上，家家都是把凉床放在院里一直睡到第二日清晨的。那时候连电视机都很少有，但是儿时的我们在大自然的怀抱里，依然过得很快乐、很知足。

夏日的傍晚，清风习习。母亲把一张凉床放到院子里，刚用井水擦拭干净，已经洗好澡的我们就急猴猴地窜到上面。作业是早做完啦，现在最想做的是将白天没有看完的连环画接着专心地看下去。什么《三国演义》《水浒传》《杨家将》《岳飞传》，都是在这样的情形下看完的。

可待不到几分钟，顽皮的我们又坐不住了。脑袋瓜子东瞅瞅西望望，只看见左邻右舍都聚集在一起拉家常说笑话，时时传来开朗的笑声，而且总有爸爸妈妈们一边聊着一边用眼角的余光瞄着自己家的小子闺女，可是我们却故作不知，因为我们也很狡猾地知道，我们要是真的溜走了，他们也是装作不知道的。

终于看见邻家的玩伴都一个个出来了，于是偷偷侦察一番，趁大人不注意,把连环画往脑后一抛,像泥鳅似的一转眼都溜了。

那时候的我们都没有啥像样的玩具。男孩子要么趁一点亮光爬到树上捉知了,这时候的知了也是睡眼惺忪,好抓的很;要么将香烟盒折成三角,轮番上阵,将地面上的三角纸片拍得翻过身来,就是赢了,我们叫做"掼宝"。想想也是,那时的我们哪里像现在的小孩子动不动就变形金刚、奥特曼?香烟纸就是我们的"宝"了。女孩子就斯文多了,几个人经常盘腿坐在凉床上一起玩"抛石子"的游戏。儿时的我一直很奇怪,为什么那小石子在这些丫头片子的小手里上下翻飞,就是不得掉下来?有时候就顿生恶作剧之念头,在她们玩得兴高采烈、得意洋洋的时候,伸出一只手来把凉床上的那些石子猛地拨开,女孩子们一下子手里啥也没有抓住,还发呆呢不知怎么回事,我们已经嘻嘻哈哈地跑开了。柔柔的夏风里传来她们气急败坏的叫声,好像还间杂着大人们看热闹般的笑声。谁管他呢,呵呵。

这样的笑声,这样的场景,仿佛还在眼前,我已经离开家乡二十年了。偶尔回去,那个大院还在,历经沧桑,却再也没有进去过。当年的小平房都变成了一幢幢小洋楼,也没有多少熟悉的人了。那些童年的伙伴,也已经散落天涯。旧时的住处,也早已不见了踪迹。想起儿时的我们,一股暖流缓缓从心底爬上来,站在大院门口的我,恍然回到二十多年前……

合肥的天空

在高楼大厦的缝隙里行走多年,已经很久没有看天上云卷云舒的兴致了。可是有一天在外散心,偶然间抬起头来,心情突然开朗了许多。看,高高的天上飘浮着几朵白云,天是如此的空阔,云是如此的潇洒。这种景象让我不由得想起"天似穹庐,笼罩四野"这句诗来。确实,这个无边无际的穹庐出现在合肥的上空,静静地、高高地覆盖着大地,俯视着这个喧嚣繁华的城市以及城市里的人。

我在环城路上走着,不时引颈眺望上空。来来往往的人们诧异地瞅瞅我,不知道我在看什么。其实我真想告诉他们,在如今这样的城市里,还有如我这般喜欢仰望天空的人,他的内心世界和面部表情一定是与天空一样的纯美干净。

当然,我们的面部表情是可以喜怒哀乐瞬息万变的,可是一个城市的表情不是别的,更不是城市的本身,而是城市上空的蓝天白云。然而城市里的人们显然没有意识到这些,他们能够不费吹灰之力地用高楼大厦、机器轰鸣制造出来一派繁华,用各种各样的污染使天地变色也是那么的易如反掌。从一个城市头顶的天空的状况,我们可以清楚地看出一个地方的方方面面。如果天空常常有灰蒙蒙的、沉重的感觉,那么,城市会变得漂泊无依,因为它没有深扎泥土的生命之根啊。

合肥这个城市现在早已是全国有名的园林城市了。就我正在行走的环城路上,绿化带生机盎然,琥珀潭碧波荡漾,如一条翡翠项链环绕在这个城市的周围。她正在向一个朴素的、有原始意味的、有生机的、有家园感的、可居住的自然回归。

　　我向前方走去。路的两边，仍然绿得可爱，绿得让人心醉。坐在琥珀潭边，忽然在想，除了这里，那条承载着包青天优美传说的波光粼粼的包河，好久没有到那里去了，现在怎么样了？还有天鹅湖、大蜀山森林公园，现在是不是越来越漂亮了？想着想着，一丝微笑浮现在我的脸上，不由得又抬头望了望天空，是什么力量在生成着、造就着我们头顶上那纯洁的白和宁静的蓝？

　　要是我们合肥的城市表情永远是健康的、阳光的，那该多好啊。

韩版衣服惹的祸

　　这么多年我一直都是坐公交车上下班的。虽然上班很早，下班很累，难得在人挨着人的车上坐上一个座，可要是一个步履蹒跚的老者或者一个身穿宽松孕妇装的女子站在我的身边，不知道为什么，只要我坐着，就觉得如坐针毡，没法装作看不见。

　　没想到的是，就是这平平常常的让座，还时常闹出笑话来。

　　那天我依然是在车厢里站着。好在老天眷顾，真的很难得，坐在我身边的乘客刚巧起身要下车，我长吁一口气，终于可以坐下来了。你可以想象得到，人一放松马上臭德行就出来了。跷着二郎腿，歪着头看着车窗外的"风景"，不觉心里一阵轻叹，唉，要是就这样舒舒服服地坐到家该有多好啊。

　　谁知偶然一回头，就看见有一个年轻女子站在我身边，长得清清秀秀，穿着宽宽松松的裙子，倒是颇为养眼。一看这身打扮，我心想又是孕妇了，有需要帮助的人站在我身边，要是装作没看见，我也装不像，再说自己心里都不是味道。

　　于是我想也没想，就站了起来，对她说，你来坐吧！

　　当时就觉得哪里不对劲。她很惊异，仔细地望了望我。可能是想这人怎么回事啊，为什么给我让座呢？但是她这样惊讶的表情转瞬即逝，可能意识到什么，又不好点破，于是很自然地坐下来，而我到目的地还早呢，就站在了她旁边。斜阳照在她素雅的脸上，很是恬静。

没想到的是也就只坐了一站路吧，她就站了起来，对我很友善地笑笑，说，"谢谢你啊！我要下车了。"很匆忙地挤过人群到了车后。我又坐了下来。回头看看，只见她依然在车上，只是站在了车的后门口，好像是不想让我看见她似的。这下轮到我奇怪了，不是说要下车吗，怎么还在车上？

　　我愣在座位上好一会才明白，一定是我误会了她。现在小姑娘们都流行哈韩，看韩剧，穿什么宽宽松松的所谓韩版衣服。也许我是把这标志时尚的衣服理解成孕妇装了！呵呵。

　　回过头来再看看站在车门口的她，不觉很是欣赏。对我的这个误会，她虽说心知肚明却没点破，真是一个聪明友善的女孩啊。

遇到同学的无奈

那天在街上竟然遇到两位近二十年没有见面的高中同学，实在让我有一点高兴。想当年全年级一百多同学，毕业以后散落天涯，到现在还经常联系的只有一个人，还是在网上。现在从天上掉下来俩，让我不由得一下子回到多年前的青葱岁月。

可是别人和我不是一样的想法啊，刚见面自然要问问如今在哪里上班什么的，这也是人之常情。当一个如今是公司老板的同窗知道我在医院供职时，因为他公司的产品是可以打入医院市场的，马上没有寒暄，没有交流，直接就奔着做生意的话题来了。

那时候我正在做结婚准备，时间很紧，然而遇到同学的欣喜让我停下脚步。可怎么也没想到，还没有来得及聊聊学生时代的往事，就不得不听他们说生意上的我不感兴趣的话题。后来就成了他的叽里呱啦的演说，我已经走神了，可是又不能抽身而去。好在另一个同学洞察世事体味人心，在旁拽了拽他的衣袖，说别和老同学一见面就谈生意，今天难得，我们都多年没见了，说说别的好不好？我终于从尴尬中走出来，毕竟都是同学，也就告诉他们婚期是哪一日，希望他们到时候能来。

可是，真到了那一日，我还是没有请他们。这么多年没见面，同学之情要不还像我一样的宛若当年，要不就已经自然而然地淡了。和这两个同学多年前是玩得很好的，可是毕业以后没再见面，偶然的相遇只是我们人生的插曲。即使我依然对他们保持同学之情，他们已经不再是当年的他们了。

曾有一个朋友问我为什么没有在婚礼上叫上这两个同学,我没有回答,因为我觉得人海茫茫,他们是我的同学,而不是我的朋友了……

我是没有多少朋友的,可是死党也是有几个的。我一向认为,一个人要是觉得朋友很多,那么闭上眼睛自己想想,真正的肝胆相照的朋友,又能有几个呢?

我家曾住"怡红院"隔壁

　　我们一家刚搬到这所学校那会儿，由于住房紧张，连个合适的住处都没有，最后莫名其妙地跟着一帮年轻教师住进了一栋女生宿舍的二楼上。可毕竟"男女大妨"，如此"混编"实在有碍观瞻。怎么办？只好在楼层里再砌一道不高不低的砖墙，才算是把女生们和教师家庭隔成了两方小天地。我的朋友们目睹此景，都笑我是"怡红院"外的宝哥哥，"艳福"不浅呢。

　　至今我也没有弄明白当时为什么把我家塞进女生楼去，不过整个宿舍楼确实因了那些可爱的小女生们而充满了勃勃生机。平日里这些女孩子是十分活泼的。中午一放学，你就听着吧，如果砖墙一侧的楼梯上有"噔噔噔"的声音，那是她们一蹦三跳地上楼来了；若是有"叮当叮当"的响动，肯定是饭勺敲打饭盒的缘故喽。而我家这一侧呢，刚刚还在讲台上"纵横捭阖"的老师已在拥挤的楼道里蒸煮煎炒，当起了伙夫。好奇心重一些的女孩竟可以大模大样地趴在砖墙上侦察一番，瞅瞅这些夫子们究竟烧了什么菜。更有胆大的会故意高叫一声，"真香呀！"惹得老师们呵呵地笑起来。

　　当时紧邻砖墙的就是我家。有一次母亲正在往盘子里装红烧肉，忽然听见那一边的女孩子又在"唱高调"了。母亲一向心软，叹了一口气道："这些小丫头们，一个人在外面，想吃点什么还真不容易呢！"于是那一大盘红烧肉就从砖墙的上面小心地递了过去，墙那边的女孩子们"哇喔！"地一片欢呼。

那年初夏，我正忙于中考。晚上十点多钟，复习结束了。奇怪的是我每次靠在窗边休息的时候，都会有悠扬悦耳的口琴声从"怡红院"那边飘出来，以《梅花三弄》《一剪梅》《渴望》等当时最为流行的歌曲为多。有时好奇，就向楼下看去，常能见到一位素衣少女，坐在院子里的一个石凳上，静静地吹着。夜风习习，裙裾飞扬，很温柔的样子。当年我也就十四五岁吧，也许就在那时候，我才有些明白什么是女孩子的美丽。

时间久了，自然也认识了其中的一些女孩，却总也叫不出名字。记得曾经被一位女孩拦住，想让我陪她打羽毛球。我奇怪地看看她，答应了。球在半空飞来飞去，我却在想这真是一件好玩的事儿。等到收拍回家的时候，竟然有兴致写了一首《浪淘沙》给她："停步笑盈盈，素昧平生，新知竟也似故人。且看时时挥白羽，倩影娉婷……"也许以后我还见过她几次，但是我真的不知她的姓名，忘了她的模样，可见我并无宝哥哥的造诣……

学校的学生走了一茬又一茬，我家也早已有了宽敞明亮的新居。可事隔多年，有时我还是会想起这段挤在女生楼"怡红院"时的无羁岁月。

酿是熬的另一个版本

　　最近一段时间,很多让人烦闷的事情一下子全压了过来,使我措手不及,心情一直好不起来。总是隐隐觉得有一点焦躁不安的情绪在笼罩着我,就如同在夏天的正午,步履沉滞地走在骄阳之下,真可谓抑郁之极。

　　生活秩序就这样全被打乱了。工作倒是没有拉下,但是业余时间常常摆弄的事情全没有了兴趣——既没有什么事情可做,也不想做什么事情,就一个猛子扎进网络世界。要么在网上和人家 QQ 聊天,什么都聊,天文地理、人情世故;有时候不懂装懂,有时候懂也装作不懂,简直就是一个逗你玩;要么就下棋,象棋、围棋都成了我"不为无聊之事,何遣有涯之生"的载体;或者就看看近来有没有什么有关足球、羽毛球方面的新闻,做个"伪球迷";再不济就在各家论坛上说几句不疼不痒的话。呵呵,看起来好像挺忙活的,其实我知道,我需要的是一种怎样的生活。这样的日子,自己也觉得没有什么意思,可就是不知道怎么才能够打起精神来。

　　那就继续在各个论坛上溜达着。

　　谁知道无意中看到了一个帖子,那个作者大概与我一样,也是遇到了生活难题,失去了自己在生活中的落脚点,不知道应该怎么办了,感到一阵紧似一阵的迷茫。真是同病相怜啊,我想。正准备给他回帖,说一说我的感受,忽然就见到已经有人给他回复了。其实只有短短几句安慰的话,但是其中有这么一句,如一记重锤,敲打在我的心上——"酿是熬的另一个版本!"

一下子就呆在那里,盯着电脑好半天,双手也不知道在键盘上怎么动了。真的,有时候警醒别人的话并不是喋喋不休的长篇大论,而是直指心灵的一两句话而已。

干脆就把电脑关了,泡了一杯茶坐在窗前,仔细想着这句话。

人生就是这样,不如意事常八九,哪能够事事顺心?每个人都有自己的难处,在这样的困境下,就得学会一个字:熬!要相信船到桥头自然直,更要相信自己不比其他人差。我们为什么不能够如一首歌里的歌词写的那样,"不经历风雨,怎么见彩虹"?这话说得多好啊!人生的苦楚与甜蜜并不是对立矛盾的,而是融合在一起的。只有禁得起人生的打磨,能够吃得生活的苦,才能够酿得人生的琼浆,正所谓苦尽甘来!人生就如同我手里的这盏茶一样,初入口,总有淡淡的苦意,可是仔细品味,却又渐渐有一丝甘甜,沁人心脾……

仅仅用来珍藏是远远不够的

在我不多的业余爱好中,集邮曾经是很得我心的。别看我有时候也喜欢写几块豆腐干儿,可我从来就不像那些超凡脱俗的人似的,一心一意认为集邮只是为了愉悦身心,丰富知识而已。因为一个偶然的机缘,我渐渐喜欢上这样的活动。可是我不得不老老实实地说,为什么喜欢呢,很大一部分的动力是听一位朋友说了,如果一些好邮票能够升值的话,我就可以出手赚个差价,立该说这样的事情还是很让我神往的。

于是每次去邮市,总是煞费苦心地到处打听最近的行情。我清楚地记得有一枚面值5元的小型张刚刚发行,邮市上已经炒到了50元。要知道当时这样的小型张我手里就有四五张啊,但是我仍然想着是不是再等等看,或许还能够上扬一点点呢!唉,这就是人们常常说的"得陇望蜀"吧?于是死捂着舍不得拿出来,结果可想而知,一派虚假繁荣之后,"飞流直下三千尺",哗哗地跌了下去,让我差一点就不知道怎么应对了——直到现在,这几枚小型张还躺在我的集邮册里,待字闺中,充满遗憾地望着我,好像是我耽误了它们的青春似的。

一转眼这件事情已经过去很多年了,集邮对我来说也没有了太多的兴趣。但是,我一直将这件事情记在心里,因为它让我深刻地理解了一个被很多人忽略的浅显道理——越是觉得珍贵的东西,你越是小心翼翼地珍藏,结果呢,往往并不一定好。

记得有这样的一个小故事,一个老和尚精心栽种了几株珍贵的兰花,非常爱惜。仅仅因为一天有事情下了山，兰花就被小和尚弄死了。老和尚回来以后，知道了这一切，神色不变，沉吟了一会，只说了一句话，"我养兰花不是用来生气的。"

很多人都知道这个小故事，但是常常赞叹的只是老和尚的大度以及对人生喜怒哀乐的理解，可我总以为老和尚还有一层意思就是——珍贵的东西仅仅用来珍藏是远远不够的，还要能够时时给自己以及他人带来快乐。

我的单位里有一同事，人品、工作能力都挺好，可是至今依然是单身。也不是没有追求的目标，大学时期就开始喜欢一个女孩子，可就是不善于表达自己的内心情感，只是默默地去爱，没有向她吐露半个字，直到女孩子嫁为人妻，他才如梦初醒，悔不当初！不错，真正的爱情不是那种浮躁的情感，可是你将它埋在心底，不敢表白，即使爱得再深沉，那也是爱得怯懦的表现啊。珍贵的情感自然值得珍藏，但是不说出来，有谁知道？所以我们更应该袒露心声，让对方知道我是多么在意她，享受生活带给我们的美好，感受人生的快乐，不是一件更美好的事吗？

人生何处不是如此啊！请不要将人间最美好的情感包裹起来，它们需要珍藏，更需要袒露。假如你想赞扬一个朋友，请你马上当面说出来，你会看见那位一直戏称"表扬使我进步"的朋友会立刻信心倍增；假如你想拥抱你的亲人，请你马上张开双臂，你会真切地感受到从对方身心里洋溢出来的幸福；假如你想向你的同事道歉，请你马上打个电话给他，你会觉得"包容"这两个字真的有一种海纳百川的胸襟；假如你想和你的邻居做个朋友，请现在就去敲他的家门，不要太担心，你们的距离往往就是那两扇门的距离。

我所认识的"小日本"

常常在大街上看见金发碧眼的老外从身边走过，我早已见怪不怪。虽说我的足迹至今仍然局限在一个不大的范围内，可早在多年以前，我就与老外打上交道了，而且和他们共事将近两年时间呢。

我曾经所在的医院里是有很多外国留学生的。看着他们一茬又一茬地来来去去，有时真的是打心眼里佩服他们，为了学到一手在国外渐渐受到重视的中国医术，远在美国、加拿大、日本等国家的他们千里迢迢来到中国，来到我所在的城市。

那天我正在诊室给病人做推拿，忽然听见身后有人在用英语叽里呱啦说话。扭头一看，几个老外齐刷刷地在门口站成一排，一边和我们的头儿说话，一边嘻嘻哈哈地伸头探脑。一问，原来他们是特意来学针灸推拿的呢。

这几个洋哥们很快就被各个治疗小组瓜分了。有的学针灸，有的学拔火罐，谁也没有想到跟在我们后面学推拿的偏偏是一个"小日本"，名字倒还有一点意思，好像叫什么村上直树来着。

可心里面就不太高兴。仔细看了看他，这家伙实在是名不副实。个子不高，剃个小平头，眉骨突出，眼睛深凹，和给人以高耸挺拔的感觉的"直树"这两个字实在扯不上什么关系，而且表情严肃，不苟言笑，和那些活泼开朗的欧美留学生完全两个样。我想，大概他也知道咱中国人对日本这个国家的普遍情感吧？

都说日本这个民族性格固执、认死理，果然这个"小日本"也不例外。他喜欢抽烟，而且是只抽三五牌的。一天去小店买烟，他的中文水平本来就不怎么样，店老板就更不懂洋话了。两人正在大眼瞪小眼，恰巧我从旁边走过，他一把就拉住了我，连说带比划，幸亏我已经初步熟悉他了，知道他要买烟，转身就对老板说来包三五。小老板一愣，说你还没有问他要什么烟呢？我一笑，说你放心，保管不会错。

更让我惊奇的是有一天上早班，竟然发现他在院子里跟着一位老医生学打太极拳，沉肩、屈膝，动作虽然还算不上舒展大方，但是一招一式却毫不含糊。我就忍不住想啊，这日本人真是一个天才学生，什么都想学，而且什么都想学好。

果然，不久我们就发现他在专业上也是那么的与众不同。初学推拿要先在沙袋上练习手法。滚、擦、搓、揉……每个动作都得不折不扣地完成。这小子抿着嘴唇，眼睛盯着沙袋，韧劲十足，手都练脱皮了，只要带教医生不说停，他就绝不会偷懒。为了回去能够开一个像样的诊所，他真是下足了功夫。弄得那位满头华发的老教授感慨万千，暗地里对我们说，"说句良心话，按我以往对'小日本'的一向态度，我打心眼里真的不想教他什么东西，可你看他真心向学的样儿吧，又觉得确实是很难得，不好好教他实在说不过去呢。"我们都笑了。唉，怎么说呢，同感，同感。

想起了郑智化

也是在这样的一个下午,我和一位朋友坐在学校的操场边闲聊。我第一次听说台湾有一位歌手,竟然起了个古里古怪的名字叫什么郑智化。我忍不住嘿嘿笑了。就想,此君的词曲风格莫非是毫无生气的、板着脸像说教似的"政治化"乎?

接着,好像一夜之间,大街小巷到处飘起了《水手》这首歌,他"说":"风雨中这点痛算什么,擦干泪,不要怕,至少我们还有梦。"他还"说":"风雨中这点痛算什么,擦干泪,不要问为什么?"那时我自己也刚刚经历了一场挫折,心灰意冷,失落是难免的,但是我确实是因了这首歌才明白了灰色并非生活的惟一的色彩。此时我有些如梦初醒,难道这充满着年轻人乐观向上、永不言败的强者之音,真的是从海峡那边的郑智化的喉咙里发出来的? 在我的印象里,香港、台湾的歌手不都是软绵绵的要么失恋、要么自恋的高手吗,这个郑智化究竟何许人也?

有一天,我正在吃晚饭,无意中听见那一曲熟悉的《水手》从电视里悠悠传来。我连忙丢下饭碗,郑智化终于浮出水面。在一个电视晚会上,他个子不太高,长长的卷发,戴着墨镜,黑夹克,拄着拐杖,艰难地一步步地挪上前台。心里猛地一震,天哪! 原来他竟然是一个腿脚有毛病的人!

他的歌喉略有些沙哑,却很有磁性,极具穿透力,仿佛你的内心世界全都融化在了他的歌声里。他的词曲虽然风格多样,但是即使是有关情感方面的话题,也很少有一般歌手所携带的靡靡之音,唱尽了世间炎凉。

曲风也毫不花哨，用一种平平淡淡的叙事语调和你诉说着世间的一切。各个年龄段的人们都能够从他的歌曲里找到自己的影子。如《年轻时代》里的那些"总因为地球就踩在脚下"的"有一点天真有一点呆"，"有一点疯狂有一点帅"的年轻人们，不就是我们十八九岁时的缩影吗？而《三十三块》中那个赌输了钱的男人对老婆狡辩说："只有赌输了钱的男人才会回来，赢钱的总是逍遥在外。"还很阿Q地说："我的口袋有三十三块，输钱的男人实在可爱。"不正是真实生动地刻画了现实生活中一些既有点惧内又想瞅个空潇洒一把的可爱的男人们吗？

当年的确是他的歌声领着我成长的。现在已经好多年没有他的消息，估计淡出乐坛很久了吧？然而，我的耳边总是回响着他那略有些沙哑的歌声⋯⋯

青灯有味似儿时

我比妹妹识字要早得多,但是这并不能说我更聪明。要知道,"老大忠厚,老二狡猾"这句老话在我家已经是理论联系实际很多年了,主要是因为我那古灵精怪的妹妹还在上幼儿园的时候,我已经是小学的"旁听生"了。

儿时的我好静不好动。除了偶尔溜达到家门口的幼儿园,很是厚颜无耻地与妹妹她们抢糖果以外,更多的时间会一本正经地坐在小学教室里"听课",有时甚至比真正的学生还要认真。没法子啊,因为母亲就站在讲台上,一边讲解课文一边注意我的一举一动呢。日子就这样一天天过去,一些简单的汉字想不认识都难了。

认识了几个字,这下子可坏了,知道找书看了。但是那时我家还住在乡下,镇子很小,只有一家破落不堪的书店,书本来就不多,连环画更是难得一见,只有趁家人到省城时,才能替我带上几本回来。总觉得那时的连环画比现在的孩子们整天捧在手里的卡通书籍要好得多,文字简洁明快,而且绘图栩栩如生。想起来,我知道《三国演义》《水浒》这样的名著就是从连环画开始的。

谁知道看着看着就觉得不过瘾了,要看"原版"了。小学毕业的那年暑假,什么作业都没有,就成天想着这件事情。好在那家书店的老板与我父母相熟,二话没说,就从他那里借了一套《水浒》给我!哎呀呀,我当时的感觉真是喜出望外,马上就盘在凉床上半生半熟地啃了起来。虽然很是艰涩,但是遇到诸如"武松打虎""三打祝家庄"等精彩段落,还是看得不忍释手。那年的暑假,《水浒》《三国演义》就这么被我囫囵吞枣地消灭了。当年的我才不会注意到什么宋江的政治纲领、招安不招安的呢,只觉得那种快意恩仇的绿林生涯真是让人神往。再就是那些好汉们的外号十分出彩,很是让我着迷,曾经有一段时间,我能够一口气将108位好汉的大名以及外号默写出来,而且丝毫不差,让家人惊讶不已。

到了中学,要写作文,老师说要常常看些课外书。好,那就看吧。可是不久我就知道自己的读书特性了。不太爱读外国作品,你说是缺点我也认了,反正我读着读着就发迷糊,连那一长串的人名都难以记得,还能够干什么?但是,好在如今还能够想起我曾经只鳞片爪地接触了哪些作家。莫泊桑、欧·亨利、小仲马、马克·吐温……还有一个毛病我得实事求是地说,有一些名著,到现在我也没有读完,不是不想读,是因为不太喜欢。比如说《红楼梦》与《西游记》,我从十一二岁看到而立之年,也没有将它看完,好像是我的性情不适合看这类书似的。不喜欢就是不喜欢,平凡如我,也不怕别人笑我浅薄。比如说《西游记》,一开始还好,渐渐地就让人生厌了。想那齐天大圣英雄一世,却常常被哪位神仙菩萨私自下凡的坐骑折腾得七颠八倒,一点办法都没有,丝毫不见大闹天宫时的豪气。如果说对付孙悟空竟是如此容易,当初还用得着如来出马,把他压在五行山下不得翻身?但是像《三国演义》《水浒》什么的,我却时不时就爱拿出来重新阅读一次。有时候还真的有所收获,比如在文学史上有名的"建安七子",我就是在《三国演义》里最先知道的。还有,一开始就认定是从宋江嘴里第一个说出"招安"二字的,但是时间不长我却惊讶地发现这个"第一"应该是打虎的武二郎!再后来更是开始感到施耐庵给英雄们起的外号也是颇有讲究,真可谓煞费苦心,堪与曹雪芹的"原应叹息"相媲美。比如"及时雨"很好啊,可是都送到江里去了;"霹雳火"嘛,眼看要打雷下雨了,却是一个"秦(晴)明"好天气。施耐庵莫非隐隐觉得历朝历代的农民起义虽然波澜壮阔,富有斗争精神,却依然是光打雷不下雨,动摇不了封建制度的根基?

接下来我开始尝试着将一些古典诗词放在书桌上。

没有想到漫不经心抓起一本诗集，没有翻几页，我一下子就傻了！你看那张若虚的《春江花月夜》，写得是那样的美！"江畔何人初见月？江月何年初照人？"天哪！这不就是老外说的"先有鸡还是先有蛋"吗？这样的一个颇有点哲学意味的话题，在我们中国的文字里，却是如此的富有诗情画意！"三十功名尘与土，八千里路云和月"，"一年三百六十日，都是横戈马上行"，你能够想到这样感情激荡气势磅礴的诗句竟然是驰骋疆场的一代名将岳飞、戚继光留下的吗？那么，遥想当年，他们又该是怎样的文韬武略？！

于是我的书架上开始多了一些古人的作品。我陆续知道了李白、杜甫、苏轼、辛弃疾……可是当年的我对他们的作品却又是常常似懂非懂、看不明白的。不说别的，光是生僻字就太多了。于是有那么一段时间，每天晚上我都会靠在床头翻一会字典。家人都觉得奇怪，抱着字典乱翻也叫看书？可是至今我依然认为翻字典是读书的必要手段，不但长知识，而且还是长知识的捷径。许多不常见到的生字绝对不敢瞎蒙，否则非出错不可。特别是你如果能够有兴致把字典当成一本书看，有时候还可以有意外收获呢。我清楚地记得，当我发现平平常常的"钢"字竟然是一个多音字时，很是大吃一惊。从此在读书时再也不敢大意，别说有不认识的字了，即使是时常见面的汉字，它的读音如果拿不准，我也不能随意乱猜。字典不知不觉也成了我随时阅览的一本书。

回想起来，儿时的我就是这样逐字逐句地读着一本又一本的书，模模糊糊的，不太明白又好像有一些明白的，这曾经让我很是大伤脑筋。好在时光如白驹过隙，当初那个常常被书籍困惑的小小的我却被如今的我时常充满温情地怀想。陆游诗云"青灯有味似儿时"，感谢生活，于懵懵懂懂之中，我还是知道了什么是读书的乐趣，懂得了什么是读书的收获。隐隐约约地，我看见了千百年来的贤人圣哲，看见了古往今来，更看见了至今依然遨游在书的海洋里的我以及我们的生活。

门前不改旧山河

　　整日穿行于城市里的高楼大厦间，早已习惯了抬头看天，低头看地，就是忘记了对门的邻居是男是女、高矮胖瘦。想想也是，站在楼梯上，左看右看，上看下看，都是清一色的防盗门，板着一张冷冰冰的方方正正的脸，谁还有什么愉快的心情，可以像儿时在乡下生活时候的那样，自由自在地互相串门呢？

　　还记得多年以前生活在农村，虽然居住条件简陋，最好的也不过是一排砖瓦房子罢了，但是街坊四邻相处得却和一家人似的，总爱串个门，聊聊天什么的。夏天就把凉床搬到院子里，晚风轻拂，十分惬意；要是在冬季，几个老头老太太坐在躺椅上，晒着太阳说古，也是有趣。东家长西家短，家事国事天下事，都是永久的话题。家家的大门都是敞开的，人们进进出出，谁也没有把别人当成小蟊贼，让人自然而然地就想起辛弃疾的词："茅檐低小，溪上青青草，醉里吴音相媚好，白发谁家翁媪？……"那时也的确民风淳厚，即使自己出门去了，也用不着把门锁起来，和四邻说一声，就有人帮你照应，从不担心会丢了什么东西。

　　现在已经在城市生活很久了，学习、生活条件无疑是大大改善了，可总觉得自己就像笼子里的鸟似的，封闭、寂寞。楼上楼下的邻居见面最多也只是笑笑而已，更有甚者，邻居住了好些年，没有见过几次面，想想都可怕。

　　记得赵嘏在《经汾阳旧宅》诗里写道："门前不改旧山河，破虏曾经马

第一辑　身在红尘

伏波。今日独经歌舞地,古槐疏冷夕阳多。"说的一个典故就是唐朝郭子仪修筑汾阳王府时,经常到工地上转。三日两头一去,工匠就不耐烦啦,说,我家祖孙三代都是搞这个行当的,只见房子换主人,还没有见房子倒塌呢!真是很有哲理的话。郭子仪也不是笨蛋,一听这话,马上就拄着手杖回去了,再也没有到工地上来过,更别说为房子牵肠挂肚了。

看来,人们把所谓的"家"看得太金贵了,有时候还不如我们的祖先呢。

比如说换鞋吧,朋友一到我家来,往往人还没有进门,就很"自觉"地说,换鞋换鞋。有时候我真的为他们着急,换什么鞋啊,进来不就得了。有时候就只好开玩笑道,我家没鞋可换。可自己一到别人家去,有时候还是得不情愿地遵守这个换鞋规则,即使是亲戚好友,也得这样。其实我真想对他们说,对不起,我不喜欢换鞋。

人生在世,有所得就有所失。在繁华的都市,要我们像在乡下那样的生活,已经是不可能。但是,和街坊四邻相处融洽还是能够做到的啊。可静下心想想,我们真的做得到吗?

148 路汽车

　　每天早晨六点半，不管我睡得有多么香甜，做着怎么样的美梦，闹钟都会准时把我叫醒，没有一丝一毫的心软。虽然从家到单位有个七八站的路程，但是好在 148 路汽车底站就在我的家门口，同时也经过我的单位，比起那些中途转车上班的人们，我心里就没有慌里慌张的感觉，总是不紧不慢出门，就和旅游似的。

　　其实原来我上班也是要转车的，有了 148 路汽车后，我的心里就有了底，再也不用风风火火地出门，要不然转车不及时还真的要上班迟到呢，现在的我只要一出门，就看见一辆辆的 148 路汽车停在那里。车型是新颖环保的，车厢是干净亮堂的，坐上去呢，由于换乘站点多，乘客也很少有拥挤的时候，心里就觉得舒坦了很多。想想也是，就目前情况看，绝大部分的上班族还是离不开公交车的，要是还和以往一样，车厢里的乘客挤得就跟罐头里的沙丁鱼似的，那才叫烦躁呢。嘿嘿，我已经受够了，别的不说，首先上班就没有了好心情。

　　有了闲适的心情，才会有兴致在车厢里观察别人。大概是条件得到了改善，148 路的司机也好，乘客也罢，态度也随之谦和了很多，几年下来真的很少见到有在车厢里闹不愉快的。有一次从单位下班回家，正是高峰时间，我一边拉着吊环平衡着自己的身体，一边以欣赏的眼光看着窗外擦身而过的风景，正在自得其乐呢，忽然感觉人就猝不及防地向前一冲，原来是司机一个急刹车，结果一车人都是东倒西歪。我呢，由于拉着吊环,只是向前迈了一大步,并没有摔倒在车厢里。但是让我呆住的是,那个塑料拉环竟然被我硬生生地拽断了。当时我正站在车厢的中间,我知道司机并没有留意到有一个吊环已经"壮烈"了。但是我更知道,假如我不言不语,让司机也和我一样发愣地想这个吊环究竟是怎么断的,这也不是我一向的做法。好在我是到终点站下车,也用不着马上就挤过人群去征求司机的意见应该怎么办,人家还在开车呢。车到终点站,等别人都下车了,我把那个断了的吊环放到司机的面前,对他说了原委。让我意想不到的是他竟然说:"不要紧,不要紧。你自己没有摔到哪里吧?"说真的,我一下子就愣在那里了。以前我一向觉得司机都有一种野性子,但是这位司机让我扭转了这样的偏见。

　　乘坐148路汽车上下班,有时候也能够体味到别的一点什么。比如我上班途经三里庵这个地方,多少年了也就叫个三里庵站,本以为是一成不变的,突然有一天就多了个国购广场,人来人往,热闹着呢。再后来就叫国购广场站了,真的是很佩服商家的精明,这等于是一种无声的长久广告啊。每次经过这里,148公交车报站会说,"国购广场到了"。我想这也算是与时俱进了吧。我一天四趟经过这里,就听见报四次站,"国购广场到了"。一来二去弄得我这个不爱逛商场的人都有了印象,有时候站在车厢里闭着眼睛遐想,是不是哪天有时间到这里来看看呢。

　　坐148路汽车上下班已经有好几年了,整天在这条路上奔波的我将自己的似水光阴紧紧地和148路汽车联系在一起。甚至可以这样说,在一定程度上,148路汽车的行车路线就是我的人生路线。这条路是那么的从容淡定,平凡而不平庸……

男人三十

　　总觉得第一个说出"男人三十一朵花"这句话的人肯定是一个自怨自艾的男人。他绝不是认为三十岁的男人如花一般的可爱,而是在哀叹这时的男人"自是桃花贪结子,叫人错怪五更风",正处在所谓的"成熟期"——重压之下,摇摇欲坠,就如同当年狠狠砸在牛顿头上的苹果一样。

　　想想也是,这时候的男人是最困惑的。职员也好,个体户也罢,虽然一般都有了一份属于自己的工作,但是即使做得再好,放眼向前看去,也总是有人矗在那儿,让你心头堵得慌,而且要命的是你还不能够把这种坏情绪带回家来,传染给本来就十分关心你的亲朋好友。更何况作为一个男人,要么还在围城的边缘徘徊,不时留恋地回头望望自己凌乱的小屋,狠狠心准备用自己天马行空的自由换取一个二人世界,但是滋味如何呢,只有天知道;要么早已娶妻生子,整天忙得团团转,只是偶然得闲,还是想和自己那些多年的朋友聚一聚,谁知道屁股后面突然就多了一个小不点儿,揪着衣服哭着喊着要爸爸,可是宝贝哎,你老爸自己还想多玩一会儿呢,哪能够静下心来给你讲大灰狼、小红帽的故事哟!

　　然而依照世俗的眼光,这时候的男人不能够再像小孩子一样了,原本有棱有角的性格已经被渐渐磨平,应该成熟稳重、不急不躁、有板有眼……可是叹一声:"我的天哪",一个人如果真的勉为其难这样去做,一眼看去,老气横秋得连一点童心都没有了,这样的生活还有什么意思!

　　所以三十岁的男人困惑无疑是有一些的,但奇怪的是很多人并不清楚,男人的幸福时光也正在这个时候。在这之前,是不谙世事的懵懂顽童、激情少年;在这之后,已是圆滑世故的白头翁了,皆非人生佳境。惟有此时的男人才能够具有一种真性格,一份真情趣。要知道,只需有一个"真"字在,这样的男人才是一个性情中人,才会活得痛快,活得精彩,活出一个真实的自己。难道不是吗?

诗的远去

很佩服古人说的一句话，"文章老来写，诗乃少时著"。比如我吧，接近而立之年，业余时间能够写上几笔自娱自乐的文章，已经觉得这日子过得甚为潇洒。但是谁能想到，多年以前，十六七岁的我会被古典诗词的魅力迷得分不清东西南北呢。

其实在我生活的圈子里，热爱古典诗词的年轻人不止我一个。我和朋友们的相识几乎都是"诗歌惹的祸"。记得有一位朋友仅仅是听说我喜欢诗词歌赋，便一纸飞鸿翩然而来，与我大谈诗词格律，弄得我大眼瞪小眼，不知道这位哥们是哪路神仙。那时，我的这帮弟兄们经常聚在一起，读书雨声中，弈棋冬阳下，诗词文章，花鸟虫鱼都能够成为我们的话题。有时晚上在一起聊天，不知不觉就到了深夜，回家的公交车早就没有了踪影，只得在我们的书房兼卧室"洗心斋"或是"眠雨阁"里抵足而眠。有时也会为了某一位诗人的词句的优劣争论得脸红脖子粗。且不说当年的我们年少轻狂也好，朝气蓬勃也罢，但这样不停地争论确实让我们受益匪浅。可是这几年来，朋友之间走动渐少，慢慢疏远了许多。其实，倒也不见得全是忙于求学升职，娶妻生子，只是在生活的长河中，风风雨雨让我们的棱角渐渐地被磨平。想想看，如今的电话、网络在方便了大家之外，还带来了什么？那些我熟悉的朋友们，他们的一颦一笑、一喜一怒怎么都变成了邮件上生硬的方块字了呢？

有时依然会想到他们。云淡风轻之夜，一时兴起，欲寻二三友人，品品茶,聊聊天,谈诗论词也可,赏联评曲也行,多好的事儿。可往往就在此刻,另一个声音在告诉我,别去打扰人家了吧,也许他们正"躲进小楼成一统",忙着自己的事情呢!只好无精打采地回家,独自发一会儿呆。可是至今仍然记得多年前的一个晚上,我刚从外面回来,就看见楼梯口靠着两辆自行车,仔细一瞅,就知道是两位朋友的"坐骑"。到家一看,人却不在,返身去找,转了一圈,只见那两个家伙坐在草地上谈兴正浓,全然不顾已是夜半更深,更不知我已经在他们身后站了很久很久……如今朋友们都有了电脑,但是通讯设备的先进与否与朋友之间的心灵沟通是没有多大关系的。古人尚有雪夜思友、泛舟访戴之韵事,到门而不入,掉舟去也,人问之,曰"兴尽而返"。可千年后的今日,不知一场雪来,谁还能有此雅兴?唉!就别做当年联床夜话的梦了吧。时光如白驹过隙,诗的激情已一去不返,杳如黄鹤。

我们默默地看着渐渐远去的诗的背影,无助且落寞。尽管也知道,在诗的照耀下,我们曾经坦然而行,一洗迷惘……

诗性的回归

记得我上高中的时候,女孩子们似乎还挺欣赏儒雅风流的男人的,结果自然就有不少男生学会了抽烟与写诗,我就是其中受害不浅的一个。虽然对抽烟一向是毫无兴趣,但可怕的是开始觉得人生如果没有诗歌的浸染,简直就是一种苍白。要知道,在我的周围,挂在大伙儿嘴边的尽是些"雨巷""再别康桥"什么的,抑扬顿挫之间,满脸都是稚拙的苍凉。那时班级里已经时有"地下恋情"发生了,守在女孩儿上学路上,传递情诗的男生大有人在,而且都巴不得细雨绵绵,助其浪漫的情怀——结果还真有个别"心太软"的女生被感动得一塌糊涂!

可是想起来时间也真的不算长,我就很无奈地发现,诗歌早已不能引起世人的关注,取而代之的却是时时遇到鄙薄的眼神和尖刻的调侃。现在谁要是还常常谈起诗歌,一定会受到别人或明或暗的嘲笑。他们是这样定义诗人的,所谓的"诗人"就是失足落水、浑身透湿的人。诗歌已经被这个时代的尘嚣远远地抛在了身后。

那么,这是一个怎样的时代呢? 这是一个看得见失去的遗憾与没有得到的焦虑,却看不见自己已经拥有的欣慰的时代,也是一个物质丰裕然而心态失落的时代。这时候我们不知道为什么,很容易地想起久违的诗歌来。想想看,清茶一盏,在阳光下捧读一册合意的诗集,如对知己,该是怎样的一件快事? 忽然你就有了一种感觉,年轻的时候喜欢诗,是因为有着澎湃的激情,不再年轻的时候重拾诗册,诗却不因为你曾经的冷淡而弱视你,依然有着如逢故人的欣喜。她有足够的信心与耐心等着你的诗性的回归。

在城市灰蒙蒙的空间里,深夜,在灯下,去读一读诗,你会惊奇地发现,诗性人生是一种有定力的人生——世界的确是很大很大,但是我们需要的往往只是一点点……

幸福是一只蝴蝶

　　这已经是多年以前的事情了。那时我刚刚从医学院毕业，暂时还没找到一个理想的接收单位，心境自然也晦暗得很，只好先在一家医院实习着。虽然暂时有了着落，可每天的生活却是十分的单调，再一想到今后自己还不知道在哪安身，心里就更不是个滋味了。

　　日子就这么一天天地过去，这时候的我怎么也没有料到有一位女孩子会走进了我的视线。

　　那天我正百无聊赖地靠在椅子上看《伤寒论》，诊室的门开了，一位女孩子轻轻走了进来。"你哪儿不舒服啊？"我抬起头来，有些习惯性地问道。没想到她竟然歪着头看看我，笑嘻嘻地说："哎哟！还'哪儿不舒服'，我就在你隔壁的科室里实习呢，这么长时间了，你还不认识我呀！"天哪，我连自己的事都忙不过来了，还有闲心东张西望？她瞅瞅我的神情，故意挥了挥手，显出大度的模样，"算了算了，找你借支笔用一下，行吗？"我松了一口气，有一种如释重负的感觉。这有什么不行的呢，总比她那双调皮的大眼睛盯着我强多了。

　　慢慢熟悉了以后，我才逐渐领悟到她是有"阴谋"的，挖好了"陷阱"等我去跳呢。先是悄悄蹩进我的科室，塞一本书给我，过几天又瞅个机会，编个理由找我借书看。一而再，再而三，非让我深刻体会了什么是"书非借不能读也"的真实含义不可。终于有那么一天，她特意从门诊部的三楼跑下来，"今天晚上有空吗，下班后去我宿舍，我请你吃饭。"简直不敢相信自己的耳朵！竟有这等好事？至于时间嘛，鲁迅先生不是早就说过了吗，时间就像海绵里的水，只要愿挤，总还是有的。傻子才不去呢，岂有不允之理?！我已经觉得曙光在前了，脚步轻飘飘的，脑袋晕乎乎的，不知今夕何夕。

那时已是冬天，到了她的宿舍，喜欢养水仙的我见书桌上空荡荡的，就想，送她一盆水仙吧，点缀点缀，花即是人，人即是花，多好。可我却根本没有意识到在这个特别的时刻，如果送花，首选的应该是玫瑰。等我明白这一切已经太晚了，我们就真的只能尴尬着保持着友谊，再也不能向前进那么一小步了。

如今的我已经不知道这位女孩身在何处了，但是我仍然常常在想，幸福就是花丛中的一只蝴蝶，你去追逐她时，她似乎总在你前面的不远处；你静静心，坐下来，也许她就会轻轻地落在你的肩头。只是对于我而言，这只蝴蝶落在我肩头的时候，我却不合时宜地站了起来……

相亲记

真不敢相信，我在茫茫人海里已经胡乱扑腾三十年了。业余时间要么与友人们喝茶聊天，对弈三局；要么看看几本对自己胃口的书，兴致来了再写几笔自娱自乐的豆腐干儿，嘿！这日子竟也觉得有滋有味。一贯随遇而安的我差一点就这样做了撞钟的和尚。

好在老天爷似乎并没有一定要让我当和尚的意思，那天刚刚下班到家，就听说又有人在替我张罗相亲的事情，而且就这个星期六下午来。

看来推是推不掉了，那"相"就"相"吧，"既来之则安之"，这样的事情经历的多了，我还是好好地做我自己的事情要紧。星期六清晨，我和往常一样出了门，玩去！管她呢，不还有半天么？她要是早来了，就让她等等。哦，怎么着？只兴许女孩子动不动考验男孩子？嗨，我还真就不信这个邪了！

谁知道在外面与一帮狐朋狗友嘻嘻哈哈乐够了，哎哟，头皮一下子发麻了！可怜我连午饭都没有来得及沾唇，赶快打道回府。想想看，再怎么着让人家干等着总不是个事儿，是不？仰首问苍天，这到底谁在考验谁啊？

到了家门口，侧耳细听，怎么啦，家里安静得很，不像有人来的样子。推门进家，一颗悬着的心一下子落了地。看来那位小妮子是姗姗来迟，很矜持嘛——真好，我还有的是时间，只是可惜了朋友相聚的那餐午饭哎！

正在胡思乱想，只听刚刚把电话放下的我妈开始咋呼了，哟，她们在外面大门口，叫你下楼见个面呢。嗯？下楼？这女孩子真是脸皮薄，呵呵!

一看,门外站着两位女孩子,一个还是比较养眼的,另一位长相一般。实在不好意思,我的眼睛就时不时地盯着这个"养眼的",以为这位才是要介绍给我认识的呢——然而却不是。嗨!不禁恼羞成怒,不是你的事情,你跑过来凑什么热闹嘛?

再将注意力集中在"另一位"身上,就只会横挑眉毛竖挑眼了——个子矮了,身材胖了……就是忘了我自己是一副什么德行。至于以后嘛——那还有以后么?

我的又一幕相亲大戏以一种滑稽的基调黯然收场。

庐州城的男人们

这是一群庐州城里的男人。其实或高或矮，或胖或瘦都不是很重要的。有戏剧性的是在这样的一座地处江淮，既不算南、又不算北的城市里，他们海纳百川，兼容并包，形成的是一种既有北方汉子的幽默爽直，又有南方男人的机智精明的群体。

晨曦初露，他们已经开始了一天的生活。年纪稍微大一点的，散散步、遛遛弯；舞剑，剑如游龙，打拳，拳行如风；刚柔相济，动静相宜，行云流水，十分潇洒。年纪稍轻一点的呢，或是在绿莹莹的草坪边紧跑慢走，或是做俯卧撑、引体向上，展现的是一种挡不住的青春活力。他们中的一些人，往往还是家里的"采购员"，他们清楚地知道"土鸡"与"洋鸡"的区别。晨练结束，便会急匆匆地赶到菜场，按照太太的"旨意"买点刚上市的蔬菜。摸摸后脑勺，顺手又买了两斤饺子皮，准备晚餐换个花样，包一顿饺子，照顾照顾自己的胃。偶尔在菜场里也会有小伙子的身影。有人便笑，怎么，成家啦？年轻人红了红脸，立刻眉毛又扬了起来，我这是尊重妇女！

他们一般都有一份自己热爱的工作。公家人也好，个体户也罢，都干得红红火火，有滋有味的。早晨六七点钟的光景，公交车站台前，上班一族随时准备着冲锋陷阵。站在汽车上，一看窗外，哎呀，那可真叫是"车如流水马如龙"，自行车见缝插针，摩托车飞云掣电，直奔前方的每一家公司、工厂而去。而那些个体户们也早早打开了铺面，把里头清扫干净，以一种清爽的心情笑对来来往往的顾客。除了下大雪的夜晚，庐州城的大街小巷就会凭空冒出许多大排档来，间或也有大大小小的红帐篷点缀其间。男男女女悠闲自得地坐在里面。凉皮、龙虾、啤酒、螺蛳肉，是这个城市夜市的特色。闲下来的时候，单身的小伙子总是想着要和几个朋友聚到一处，神吹海侃；去保龄球馆热身，或是去歌舞厅卡拉一番也是不错的主意。已经成家立业的男人们呢，却已很少有这个心思了，他们知道，养家糊口才是最重要的事情。再说了，夫人有话，要好好为孩子挣够上大学的钱，岂敢有违？

他们有情有义，恋人在电话里轻轻一句"只想见到你"就能让他感动得不得了，立刻答应陪她逛街，可又往往在女人街的街口驻足等待，模样傻傻的；他们无私无畏，街头混混欺老凌弱，一定有热血男儿仗义执言，甚至该出手时就出手；他们豪爽时可真叫豪爽，一句"好大事"足以让人扬眉吐气；温柔时也真是温柔，爱人的如瀑长发永远是他们精神的港湾。

这就是一群走在我们身边，操着"老母鸡"方言，让我们感到熟悉、亲切的庐州男人。他们是这座不南不北的城市的一道刚健的屏风。

挣扎在城市里的音乐

夏天说来就来了。在滚滚热浪的包围中，人们都躲在家里，享受着空调吹出的丝丝冷气，懒得出门了。可是你听，蝉们却在树枝上尽情地高歌，那个闹腾的劲头就仿佛是一场热烈的大合唱。声音从四面八方涌来，此起彼伏，一派壮观景象。

在蝉的动人的吟唱里，我不由得想起了我们的童年岁月。蝉在儿时的我们的嘴里可不叫"蝉"，我们只知道它的小名叫"知了"。在炎热的夏季，它是唯一可以让我们的终日与大自然为伍的童年多一点乐趣的小生灵。

我的表哥大我们好几岁，那时我们一大帮小萝卜头常常在他的率领下，对"知了"进行无情的扫荡。后来我才知道夏季晚上和早晨是捉"知了"的最佳时刻。这时洞穴里的蝉正睡眼惺忪，你只要找准穴洞，用木棍轻轻一撬，就能够挖出了一个又大又肥的蝉。邻居家的小四劲头十足，会爬树，往往能骑在树枝上，那新鲜活泼的蝉，是一抓一个准，或者将知了从树上挥落下来，我们就一拥而上，看它四脚朝天在地上滚动，好久翻不过身来，便嘻嘻哈哈笑个不停……

据说知了是可以用来炒着吃的。可在我的印象里，我们好像从来没有做过这样的"虐待"生灵的事情，只是觉得好玩罢了，要不然，在这盛夏时分，我们这帮闲不住的孩子能够干什么呢。

长大后读了法布尔的科普文章《蝉》，才晓得蝉的一生其实也是很坎坼的，卵从树上落到适宜它生长的地上之后，要在泥土里蛰伏数年，才能爬出地面脱去厚厚的壳，享受生命中最后的炙热夏季。有人说蝉为悲剧的生命，然而我认为蝉拼出一腔热血为生命而纵情鸣唱，哪怕只有一夏的光阴，也展示了它生命的存在与价值。它的生命历程虽然短暂，但仍是炽热的、红红火火的。蝉鸣，无疑是昆虫界强者的歌唱，是一曲壮美的乐章。

现在正是夏季的早晨，窗外洒满阳光。一阵阵蝉鸣响起，抬望眼，只见无限生机，心里平添缕缕绿意。和着蝉声和生活的节拍，人们正在有规律地忙碌着……

如今在这样的钢筋混凝土构筑的城市里，尽管高楼林立，繁华喧嚣，却仍能聆听到蝉的鸣声，我禁不住暗自欢喜，心里尚有一种温暖的感觉。这不正是台湾女作家张晓风所描写的蝉声那样，"让我们爱这最后的、挣扎在城市里的音乐"吗？

慢慢走，欣赏啊

围　墙

　　吃过晚饭，一家人边看电视边聊天，倒也是一件赏心乐事。忽然间母亲盯着荧屏上那些"棍打一大片，枪挑一条线"生龙活虎的小武术队员们，深深叹了一口气，"当时让你们也学会几招多好啊！"我和妹妹都笑，咱小时候根本就没这个想法，再说有那样的环境么？

　　我在故乡的小镇上度过了我人生中的最初十二年。由于母亲是小学老师，整天看着她领着学生读书上课，耳濡目染，自己也认字比较早，渐渐养成了依照大人所说的那样"安静、斯文、坐得住板凳"的性格。

　　大约四五岁的时候，我对汉字已经有了一种不可思议的亲和力。比如说吧，我不小心摔了一跤，正坐在地上哭得稀里哗啦呢，可姑姑姨娘她们从不用饼干糖果什么的来哄我，他们是很有经验的，只要装模作样地翻开报纸惊讶地说，"咦，这个字怎么读的呢？"我的哭声即使再响也会戛然而止，傻乎乎地凑过去，很得意地告诉他们，接着就是一连串的表扬。当然，哭是早就忘了的。

　　由于这个性格，儿时的我参与的游戏也就是在校园里打玻璃球、滚铁环而已，完全是一个"乖孩子"的形象，很少到学校围墙外面去看看。稍大一些，忙着在学校与家庭之间做两点一线运动，生活的空间依然是很狭窄的，外面的世界无形中被一道围墙硬生生地隔断了。

　　然而当时的我并没有意识到这一点，亲戚朋友的赞扬让我觉得热爱读书实在是一个好学生的标志，自觉自愿地关在小屋里看着永远看不完的书,同时埋头书本换来了还算不错的成绩,其中语文历史尤其出众。我很骄傲。

时间慢慢过去,我终于明白了一个道理:生活对每个人都是公平的,人生的路上你既会有所收获,也会有失落彷徨的时候。就说我吧,的确因为能够坐得住板凳,在充满书香气息的家庭氛围里养成了爱读书的好习惯,但是也不可避免地很少有与现实生活交流的机会。直到现在,我依然对一些社会现象、社会知识所知甚少,也不想知道。想起来,从小养成的这种只知读书不知其他的性格实在是不能引以为荣的。

或者,我的心灵与这个社会之间也有一道围墙?

慢慢走,欣赏啊

生命如舟

  那天我如同往常一样在医院整理病案，无意中看见一位女孩子的出院记录，顿时就觉得心被猛地揪了一下，好久才缓过劲来。在病床上仅仅躺了两个小时，这位女孩就离开了这个多姿多彩的世界。才二十二岁啊，一个活泼的如花生命就这样匆匆地被定格在用刺眼的红墨水书写的死亡病历上了……

  这样的青春岁月正是人生最美丽的年华。工作、恋爱、结婚生子……她却什么也没有来得及去做，不觉深深地叹了一口气。说来自己也觉得奇怪，在医院上班时间也不算短了，生老病死早已是司空见惯的事情，可是我每每见到那些在康复与死亡之间苦苦挣扎以求生存的病人，总是在怜悯之余，也暗暗地有所思索。相比他们，反观自己，我欣喜地发现，即使自己在经济上还是一个都市里的穷人，但是至少自己还拥有一个健康的心态，一个阳光的生命。我常常由衷地感谢生活，因为生活对待我是毫不刻薄的。

  恰恰就在这当口，表妹一个电话过来，打断了我的思绪。她讲故事似的对我说了一句，你猜，昨晚我发生了什么事情？我清楚她的性格，心说别又是什么让人摸不透的玩意吧？谁知道话筒那边的她用一种缓慢的、平静的，甚或有一些陌生的沧桑感的语调一字一顿地对我说，我们在外面出差，回来的路上遇到车祸了！什么？我简直不相信自己的耳朵，心一下子提到了嗓子眼，声音不由自主升高了八度，别说那么多，你自己到底怎么样？伤着哪里没有？哪晓得这个不知深浅的丫头竟然嘿嘿笑了起来，有两个同事在你们医院住下了，我是好好的呢，现在在家里休息一天，你放心吧。

可我哪里敢放心哟，下班后连家也没有回，直接跑去看她。总算知道了一些大致情况，也确实看见她能够在屋里走动，只是不太灵便而已，这才将始终悬着的心放回了原位。想起来也是幸运，两辆轿车撞在一起，坐在最危险的副驾驶座位上的表妹艰难地从后车门爬出来，伸伸胳膊动动腿，嘿，别说伤筋动骨了，除了膝盖擦破了一点皮，什么事情也没有！据说到了事故现场的她的领导也是不敢相信，只对表妹说了一句话，你是一个好孩子，上帝也会保佑你！

临出门的时候，表妹还在嘱咐我，今后坐车一定要系安全带啊。看来这次她被吓得不轻，不过这样也好，算是亡羊补牢吧，小心总是好事。看着面前经历了一场危难的表妹，已经没有了往日的大大咧咧的模样，神情默默地不太爱说话。显然一场车祸使她还有一些后怕，也许从中她也领悟到了什么。

不由得又想起在医院看到的那份死亡病历来。是啊，生命就是汪洋中的一只船而已，你不知道什么时候风平浪静，什么时候惊涛拍岸。可在平平常常的岁月里，就如同一位高僧回答乾隆千帆竞渡的江面上究竟有几只船的问题似的，说到底也只不过两只船，一只争名，一只逐利罢了，有谁还能够清醒地认识到水能载舟，也能覆舟的道理？人生就是如此，祸福往往就是一瞬间的事情，等你明白过来常常已经晚了。

走在回家的路上，在一天之内旁观生死的我不禁浮想联翩……

走近郑板桥

我对扬州的最初印象,是从"天下三分明月夜,二分无赖是扬州"、"二十四桥明月夜,玉人何处教吹箫"这样的清词丽句中得来的,心想也不过就是一个风流繁华之地吧。可是年岁稍长,才知道在清朝中叶,以郑板桥为代表的"扬州八怪"曾经在这里特立独行地生活着,给这个充满阴柔气息的历史名城吹来了一股清新的风。

郑板桥文采卓然,他的诗歌自然流畅,没有丝毫矫揉造作的习气,关心民情,多写平民百姓的日常生活与田园风光,七律尤多陆放翁的诗味。"些小吾曹州县吏,一枝一叶总关情","千磨万击还坚劲,任尔东西南北风"等等,可以说是他最为人称道的几句诗了。至于他的"六分半书"以及有真趣、有灵性,长于写意的独特的绘画风格,较之诗歌,更是受到好评,成就最高的了。

但是,平凡如我,我所在意的地方并非是板桥先生的成就,而是他的可爱的性格。他应该是古人中少有的具有真情真性的人,他从不违心地活在别人的眼光里。看看他著名的"板桥笔榜"吧,"凡送礼物、食物,总不如白银为妙。公之所送,未必弟之所好也。送现银,则心中喜乐,书画皆佳。礼物既属纠缠,赊欠尤为赖账……"这是乾隆己卯那一年他的杰作,自古文人名士都耻于谈钱,甚至将钱财唤为"阿堵物",可他倒好,不论亲戚朋友,"任渠话旧论交接,只当秋风过耳边"。这简直是对儒家君子言义不言利的背叛,可这既是生活所需,也是他耿直坦诚的性格使然。他一生清贫，为了省吃一顿早餐，竟对孩子"诱以贪眠罢早起"，更辛酸的是二女儿的嫁妆就是他的一幅春兰图，并且在画中很自嘲地题上了"最惭吴隐囊钱薄，赠尔春风几笔兰"这样的诗句。

郑板桥一生性情耿直，不肯流于世俗。可是作为康熙秀才、雍正举人、乾隆进士，他也曾经为了做官，实现经世致用的宏愿，只好在京城找关系、走后门，去拜望那位欣赏自己才华的慎郡王。也正是因为这位皇叔的鼎力相助，前后当了十二年的七品小官。实在的，对于他这些与本性不相符合的"媚俗"举动，我们真的不必苛求。其实最让我感动的就是他在当时的历史环境下对普通老百姓有着难能可贵的朴素情感了。"使天下无农夫，举世皆饿死矣。"为了替他们做一点事情，不这样还能够怎样?! 遥想当年，就是"天子呼来不上船"的诗仙李白，不是还写过"云想衣裳花想容"吗！尽管最后板桥先生由于赈济灾民，触怒权贵，还是"三绝诗书画，一官归去来"。但是你看看当时他写的诗吧，语调是多么的潇洒自如，对名利是多么的不屑一顾！"老困乌纱十二年，游鱼此日纵深渊。春风荡荡春城阔，闲逐儿童放纸鸢。"那份恬淡，那份闲适，那份看不见一丝无奈与苦涩的欣然，是不是让人自然而然想起了那位"久在樊笼里，复得返自然"的陶渊明？

郑板桥为官多有善政，"在任十二年，图圄囚空者数次"，为人则落拓不羁，不为名利所累，虽然自从1753年被罢官回家，在卖画糊口中艰难地走着自己的人生道路，但是他的生活却是十分充实的，继续从事着他的诗书画事业，在文学史上留下了一笔非常宝贵的精神遗产。

今天，我已经将《郑板桥文集》翻到了最后一页。轻轻地将书合上，我的眼前仿佛出现了一位大胆泼辣，不泥古，有创新，敢于标新立异的风流才子，从他的那些心血凝成的字句里缓缓地走来，向我们诉说他心里的喜怒哀乐，而我们却只能够走近，仰首聆听……

近看李叔同

　　现在的我有时想起儿时看的电影，故事情节已然模糊了，但有一些插曲至今仍然难以忘记。比如《城南旧事》里就有这样一首歌曲，"长亭外，古道边，芳草碧连天……"，婉转缠绵，唱尽了离人情怀。可说到底，当年的我并不清楚这首歌的作者是谁，只知道这首歌词曲皆佳，如斯而已。

　　后来，我知道了那大名鼎鼎的弘一法师就是这首歌的作者，心里觉得很是不可思议，这样的清词丽句竟然是一个和尚写的？由于对他的生平很不了解，心里总有一点不相信，整天与佛经打交道的人，怎么能够有如此的才情？他到底是怎样的一个人？

　　好在现在我的手头上有一本丰子恺先生的散文随笔，里面有多篇文章写到了他的老师李叔同（即出家后的弘一法师）卓异不群的一生。让我对他的印象由模糊到清晰，从而使一个真实的李叔同形象呈现在我面前。

　　李叔同 1880 年生于天津，39 岁在杭州虎跑寺出家，法号弘一，1942年在福建泉州逝世。青年时期迁居上海，曾入南洋公学，师从蔡元培先生，与邵力子、谢无量同窗。不久东游日本，学习油画、钢琴和音乐，同时与欧阳予倩等发起创立"春柳剧社"，演了不少话剧。他自己也常常以旦角登场亮相，塑造了比如《黑奴吁天录》中的爱美柳夫人以及《茶花女》中的茶花女等诸多艺术形象。

　　李叔同回国后，不再登台演出了，栖身在杭州浙江两级师范担任美术音乐教师。在这里，年轻的丰子恺有幸成了他的学生。在丰子恺眼里，李叔同无疑是多才多艺的。演话剧，作油画，刻金石，弹钢琴，吟诗填词，写篆书魏碑，皆是行家里手。但是更让他敬重的是他那种认真的、严肃的、献身的教育精神，正因为这样，丰子恺感触最深的就是他对学生的谦虚与郑重的态度。他大概是心有佛性吧，最顽皮的学生在他和颜悦色的开导下也能够幡然悔悟，说，李先生的教导真是吃不消，能够将人的眼泪不知不觉说掉下来。

同时也是丰子恺老师的夏丏尊曾经用六个字概括出李叔同为人的特点，那就是"做一样，像一样。"确实，演员、美术家、音乐家、编辑、教师、甚至以后出家当一个和尚，他都能够认真地去扮演好自己的这些反差极大的社会角色，而且一如既往地秉持那"认真的，严肃的，献身的"人生态度。

但是我们不能够认为李叔同仅仅是才情过人而已，实际上他还是一个品格高尚的爱国者。丰子恺的少年时代，正是劝用国货的时期，当他唱着《祖国歌》，"上下数千年，一脉延，文明莫与肩。纵横数万里，膏腴地，独享天然利"的时候，有没有想到这歌的作者就是日后他的老师李叔同呢？只用国货，挽回利权，李叔同是彻底实行的人。当时他的衣着打扮极其俭朴，连一根松紧带都不用，因为那是外国货。即使出家后，丰子恺因为看见他用麻绳束袜子，买了些松紧带给他，也坚辞不受。直到丰子恺说这是国货，我国已经能够自造，这才笑着收了。佛云四大皆空，可三十九岁的出家人弘一还是放不下劝用国货这样的红尘"俗事"，这件事情一直让丰子恺感喟不已。

其实这没有什么可惊讶的。在杭州师范时，李叔同就曾经给丰子恺说过《唐书·裴行俭传》的一段话，主张"先器识而后文艺"，"应使文艺以人传，不可人以文艺传"，所以谆谆告诫他，"要做一个好的文艺家，必先做一个好人。"

合上双眼，在我们的脑海里，好像能够感觉到李叔同微笑着向我们走来。他早年是一个多才多艺的翩翩佳公子，出家后是佛学造诣深厚的弘一法师，但是在什么时候，他都是一位品行端正高洁的人，无论身在茫茫红尘还是在暮霭晨钟的杭州虎跑。

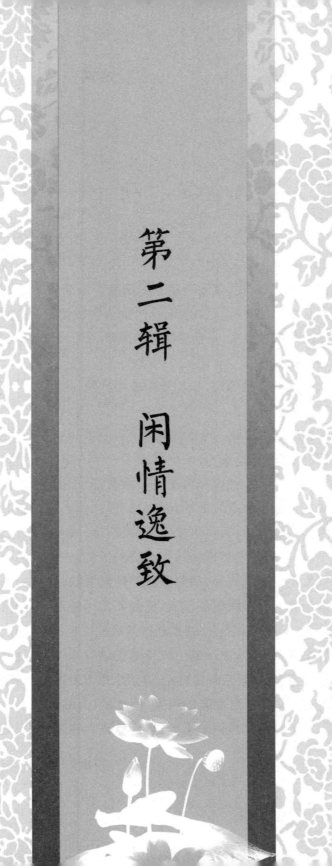

第二辑 闲情逸致

冬　日

夕阳西下,牛羊归圈,喧闹而疲惫的田畴渐渐沉寂下来,凛冽的朔风挡不住姑娘头巾上的春色。抬望眼,这时你会突然觉得,面前那些赤条条的树干才是生命中最真实、最伟岸挺拔的风景,它们正在瑟瑟的寒风里与冬日顽强地抗衡。

许多人厌烦寒冷的冬日,我却是由衷地欣赏。我从内心深处真切地体会到冬日巨大的感染力。

冬日的乡下是最温暖人心的。炊烟和柴垛暖得一窝猪崽狗娃哼哼唧唧,嬉闹正欢。此时已是农闲,人们褪去了一年的喧嚣与浮躁,他们静静地坐在炉火旁,一杯浓浓的热茶,左邻右舍聚在一起唠唠家常,闲看窗外的落叶翻飞成云。一处避风雨的角落就足以让他们忘记暂时的劳累,细细品味人生的冷暖炎凉,心灵也变得沉静、豁达,很容易就能够满足。在这样的日子里,当那些依然在外四处奔波的人们,一路风风雨雨之时,抬头见到别人家里明亮的灯光,闻到飘来的饭菜香味,在不知不觉间,整个心房就会渐渐涌上一股暖暖的溪流,充溢着家人的温存。他们便会特别地恋家怀人,举一杯思乡酒,心弦被渐行渐远的往事再次拨动。就在这样一种万物枯竭的日子里,冰冷的空气中却流动着一丝温暖的气息。不知道是人在感染空气,还是空气在感染人,这个季节变得温馨而可爱起来。

含蓄是这个季节最耐嚼味的风景:静立的山,默依的水,身披两肩霜雪的夜归人……此刻都显得静止而迟钝,但是迟钝的外表却遮掩不住深

慢慢走,欣赏啊

藏的每一根闻雷而动的神经。真的,冬天既然来了,那万物复苏的春天还会远吗?

吾爱冬日,冬日不冷。

花　生

　　我是一个很容易满足的人，真的。比如晚上看电视的时候，手里能够有一捧炒花生，在回味剧情的酸甜苦辣的同时，嘴里充溢着花生温暖的香味，就足以让我安静下来，消磨一阵子时间了。

　　确实，这跟男女相逢一见钟情是一样的道理，就算人间有零食万种，我依然独独钟爱这土里土气的花生。记得小时候，就听过这样一则谜语："麻屋子，红帐子，里面睡个白胖子。"儿时的我们总是争先恐后地抢着喊，我知道，我知道，是花生，花生！更有印象的是还有人出了一个上联道，"山东落花生花落东山"，这下就坏了，谁也没有办法了。直到现在，能够对出下联的人也可谓寥寥无几。然而想想看，咱们老百姓有谁会这样劳心费神地替核桃、桂圆、开心果、榛子等"小资食品"制一则谜语，出一副对子给孩子们去动脑筋呢？由此可见这花生的家常劲儿。

　　其实平心而论，要说味道，核桃之辈也还是不错的。可是你知道的，在和咱普通人的交情上，花生明显就是我们的朋友，而桂圆、榛子那些东西就似一个不常见面的远房亲戚，只有到逢年过节的时候才有可能露一下脸，或许还见不着。

　　所以总以为花生带给我们的实惠比其他的零食要多得多。就说瓜子吧，真不明白这东西为什么能够诱惑那么多人的味蕾？——不仅夹舌头，而且塞牙缝，更让人受不了的是一咬就碎，实在沮丧得很。即使幸而没有碎，也不过薄薄一小片儿，嚼在嘴里不光没有什么味道，而且不解饿。但是花生呢,可以煮着吃,炒着吃,炸着吃,光吃法就多着呢。但是这还是其次,首先看它的模样就挺让人喜欢,大大方方的,而且曲线动人。剥开壳来,两三个饱满的仁儿挤在一起,如兄弟姐妹一般,要说有多亲热就有多亲热,颇符合咱凡夫俗子的审美趣味——外表要看着顺眼,内心更得要实实在在——金玉其外、败絮其中的东西咱可不喜欢。

当然,花生是有一点土气的,这得承认,但是谁也不可否认它曾经有过登大雅之堂的时候。人们喜欢花生到什么地步呢? 就是在婚礼上,还不忘把它和枣子、桂圆等等放在一起,神神秘秘地送给新人,就是要图一个"早生贵子"的好口彩。那时节即使新娘子正在哭哭啼啼,且不管真哭也好,假哭也罢,见着花生,我想心里也还是有一丝害羞和欣喜的。

幸福的夜读

张潮在《幽梦影》中说，"花不可以无蝶，山不可以无泉，石不可以无苔，水不可以无藻，乔木不可以无藤萝，人不可以无癖。"在我看来，我的蜗居可以没有电视，没有电脑，但是如果没有一个小小的书架，那是不可想象的。我的癖好是喜欢在晚上临睡前靠在床头看一本自己喜欢的书，闻着一缕缕醉人的书香，从中品味着世象人生。

靠在床头，我可以读几页唐宋八大家的经典名篇，可以吟几首笔调轻灵的诗词散曲，当然更可以仔细把玩当今名家的散文、小说。这样的读书感觉，悠然自得，洒脱自在，没有一点学生时代在课堂上正襟危坐的拘谨。对了，我要的就是这种状态。

我是一个典型的夜猫子，往往看书兴头正浓之时，不知不觉中就到了凌晨。冬天，一包饼干，清茶一盏，就足够打发了夜晚的寂静时分。想想看，要是一杯热茶下肚，周身血脉温暖如春，几个小时的幸福时光就这样悄悄开始了。一册册自己中意的书，那让人迷醉的墨香，温柔地渗透身体的每一个细胞。至于看什么样的书全看当天自己是怎样的兴致了。小书架里有大俗大雅的生活，有歌哭言笑的人生。

"书犹药也，善读之可以医愚"，古人的这一番话，的确是很有雅人深致的。在我的小书架上，那么多的名家先贤一年四季都立在那里热切地等候着我。看来在这个人们匆匆忙忙为自己的前途打拼的信息时代，身边能够有一缕浮动的书香还真的不是一件坏事儿。因为唯有如此，一个

慢慢走，欣赏啊

人才会具有真情真性真趣味。我对那种整天忙得像一个陀螺团团转，肚皮与腰包皆鼓，似乎很成功，却连一小会儿的放松时间都没有的生活状态是毫不羡慕的。一个心境平和的人，他应该懂得什么样的生活才是生活。

其实咱们朴素的老百姓早就为我们描述了自己的满意的生存状态，那就是"家有余粮鸡犬饱，户多书籍子孙贤"。我们在人生的道路上四处奔波，哪里是我们的归宿？你的绝望，你的苦难，谁会为你分担？唯有小书架忠实地为你卸下生活的包袱，给你精神上的无限追求。你孤独难耐的时候，你受到伤害的时候，请在孤寂的夜晚看看书吧，因为只有书的海洋才能够将你无言地收容。小书架里的我们，就像低矮屋檐下的燕子，在这里躲避风雨和头顶的阴霾。

植物园赏荷

合肥这座地处江淮，不南不北的城市，还是很有特点的。据北魏郦道元《水经注》云："夏水暴涨，施（今南淝河）合于肥（今东淝河），故曰合肥。"素以"三国故地，包拯家乡，淮军摇篮，科教城市"而闻名，所以在人们的印象里，逍遥津、古教弩台、包公祠、李鸿章享堂等等都是耳熟能详的景点，自然有着与其他旅游城市不同的历史意味。

然而对于我来说，这些并不是最吸引我的地方。一个城市如果没有山的挺拔水的温柔，总觉得缺少了一点什么，不免是一种憾事。好在合肥却是幸运得很，虽然没有名山大川，大蜀山和植物园却是这个城市的俊眉俏眼，于是这个质朴无华的城市，一下子如画龙点睛般的神采飞扬起来。而大蜀山上的一抹葱绿，植物园中的春兰夏荷、秋桂冬梅，自然而然地成为这座城市眉眼上的最生动的装扮。

我在这个城市的西部居住了二十多年。按说大蜀山以及植物园都在城市的西郊，离我家的住处是很近的，简直就是我的充满温情的邻居。对喜欢山水，徜徉在鸟语花香里的我来说，可谓近水楼台先得月，应该时常拜访，但是本性慵懒的我却时常落下了这个近在身边的芳邻，实在有些不应该。好在，这样的一个夏日清晨，我特意起了个早，漫步在植物园里。

时间很早，才清晨五点多钟，园内很静，没有几个人。我缓步闲行在植物园内的荷塘之畔，低首看看水面，波平如镜，静静地迎接我的到来。

其时正是莲花绽放的好时节。进得园来，左手是荷，右手是睡莲。行走在碧绿色的海洋里，真的是香气袭人，让人沉醉。"荷风送香气，竹露滴

慢慢走，欣赏啊

清响",空气都变得那样的清新。不禁由衷地感叹,要是可以经常将心灵置于花花草草中,远离红尘的纷扰,沉静下来修养身心,该有多好啊。在这样的清澈新鲜的荷香里,我好像有一些迷失自己了。也许和我的性格、兴趣有关系,我喜欢一个人带着相机,尽情徜徉在山水之间,陶醉在花鸟虫鱼的乐趣中。我徘徊沉吟在荷塘边,看着眼前的清荷好像比赛似的,争先恐后地都开花了。要么大大方方地立于水面,迎风摇摆,如一位仙女,翩翩起舞,还不时瞅个空隙,低首欣赏着自己水中的倒影;要么柔柔弱弱地躲在宽大的碧绿的荷叶下,好似娇羞的女子,虽然花容月貌,却不愿让路人一睹芳容。这些娇艳的荷花,无论是什么颜色,红色也好,白色也罢,都给炎炎的夏日带来了一丝清凉。不禁想到周敦颐《爱莲说》中的名句,"出淤泥而不染,濯清涟而不妖","可远观而不可亵玩也"。我突然在想,要是周老先生今日仍然能看见这满池的荷花,他会不会沉醉在这氤氲的香气里,再写一篇清新雅致的文字,勾起我们的情思呢?

现在的我看见遍布池塘的碧绿的荷叶,看见那清荷把自己的生命之花肆意开放,而且开放得如此烂漫洒脱,开放得如此无拘无束,自己的心里也觉得开阔了许多。

忽然心有所动,竟然得了一阕《卜算子》词。

词云:

露洒小荷圆,飒飒迎风举。偶有闲情独自行,池上清如许。

水映女儿姿,魂逐心潮去。留得盈盈一段香,且待蜻蜓舞。

在这样的清晨,清澈的水面上,"天光云影共徘徊"。低首看看遍布池塘的荷叶,微风轻轻吹过,尚有晶莹的清露如珍珠一般,在叶面上滚动。我在公园里不紧不慢地走着欣赏着。不禁暗暗在想,在这样充满诗情画意的境界里,能有多少人可以真正的用心领略啊!暂且摆脱俗世的纷扰,能够吟赏这清新淡雅的荷香,已经是很惬意的事了,也算是我的另一种人生收获吧。

风　筝

　　合肥的春天一向是很短的，你要是一大意，都有一些察觉不出来。就如一位正处在妙龄的女子，无论她怎么青春逼人，也就那几年的光阴。可是这里的春天又是极有特色的。现在，在晴朗的午后，你到各个广场草坪上去看一看那些满地飞跑的孩子们，再瞅瞅他们手里紧握的风筝，你就知道了，春姑娘已经满怀健康向上的气息，真真切切地向我们走来了。

　　风筝这东西古人称为"纸鸢"，好像就是专门为春天准备的。看着在草坪上跑来跑去的孩子们，不由得让我们想起这样的两句诗，"儿童散学归来早，忙趁东风放纸鸢。"其实古书中关于风筝的记载是很多的，在《询刍录》中就有所涉及了，"五代李邺于宫中作纸鸢，引线乘风为戏，后于鸢首，以竹为笛，使风入竹，声如筝鸣"，所以纸鸢又叫"风筝"。其实不仅是孩子，也有很多青年人在烂漫的春光里，拿着风筝欢快地奔跑，一头栽进充满青春活力的笑声里。

　　最近和朋友们在公园里随意转了转，就看见一大帮男男女女，手里拿着风筝线轴，正顺着风向使劲地往前跑呢，好像在进行马拉松比赛似的。抬望眼，不禁哑然失笑，在远处的那些刚刚发出嫩芽的树梢上，一个个风筝耷拉在上面，很有一种"出师未捷"的味道，可是他们仍然乐此不疲。其实我们应该懂得，风筝与飞机一样，在起飞的时候是最容易出事的，一些较为碍事的东西，比如树，就要善于躲避。也就在那一天，一个哥们路遇一三口之家，仗着是熟人，拿起小女孩的风筝，顺着风向就没命地朝前跑。

他是想过一下放风筝的瘾，却忘了身边那些说不定什么时候就能伸出胳膊挡你一下的调皮的树们，结果可想而知，弄得小女孩想哭又不敢哭，只好噙着眼泪，怯生生地对她妈妈说，你个子高，帮我把风筝从树上摘下来？——呵呵。

"依稀似曲才堪听，又被风吹别调中。"放风筝应该是一件有情趣的事情。人生在世，好像没有谁不想有一个自由洒脱的心灵空间，让整天在一个小圈子里打转转的你我像风筝一样，能有一个远走高飞的机会也未尝不可。当你看到风筝在空中随风飞舞，好像自己的一片好心情也跟着飞上了天。真的，看着天上的白云，舞动的风筝，这时候你已经暂时远离了尘世的烦扰，定是悠然洒脱，笑看风云淡。

但是千万别忘了，风筝再好，底下还有一根线，这是需要我们自己去牢牢把握的。

信

　　《古乐府》云："客从远方来,遗我双鲤鱼。呼童烹鲤鱼,中有尺素书……"可见信是人际关系中必不可少的一种表达方式,早在汉朝就有人用鲤鱼作"信封"寄信了。可是现在,电话、电脑已成了人们互相联络的主要渠道,谁还能够想起当初自己写信时是怎样的一个状况?

　　记得我还是一个校园学子的时候,几乎每隔十天半个月就会收到三两封信。那时心比天高,一帮热爱古典诗词的兄弟们总会抽时间聚到一起,常常就某位诗人的诗句优劣争论不已。假如回家以后觉得意犹未尽,就免不了伏案疾书,再写一篇洋洋洒洒的"论文",买信封贴邮票的同时,好像自己也感受到了"对方辩友"看见有信自远来的欣喜。

　　自打用上了电脑,我与朋友们的联系的确更快捷了。闲着没事的时候,"噼里啪啦"敲一封电子邮件过去,只要对方也在电脑前坐着,立刻就能够看得见,多方便儿。可是不久我就惊讶地发现,从那以后,我不仅很少收到信了,而且自己好像不太会写字了,字迹歪歪倒倒的有一些象狗尾巴草。

　　信的写作其实是一种来自内心"最温柔的艺术",其亲切细腻如同自己的日记,所以在《荆园小语》中就有这样一句话,"好友书札,必须珍藏,暇时展望,以当晤对"。是的,如今的我有时候翻看昔日朋友们的来往信件,好像在字里行间还可以看见他们的熟悉面容,由模糊而清晰,无论现在的他们依然在我身边还是早已远在天涯。

如今的我依然盼望有人能够舍弃电脑,提笔给我写信。如果于无意中发现书案上躺着几封老友的信笺,别提是一件多让人高兴的事情了。然而至今已是很少收到一封信了。可是话说回来,对于写信这样的事情,我也一样很久没动笔了。即使好不容易有信件到了,恐怕自己也懒得回上一封了。

只好退而求其次,这几天晚上经常靠在床头翻看古人的尺牍作品,心里便想,千百年前是没有电话、电脑的,信件反而犹多雅丽可颂的精品,求当今之世,让整天在键盘上跳跃飞舞的双手再拿起笔杆子,写出几封情真意切的信来,谈何容易!

棋道乱弹

记得《世说新语》中有这样一段记载,谢安有一天正在与客人对弈,忽有淝水前线战况传来。谢安随眼一瞥,继续下他的棋,好像什么事情也没有发生似的。倒是客人忍不住了,询问缘由,他这才慢悠悠地回答道,孩子们在前方打胜仗了。

像这样的性情深沉,甚至于"泰山崩于前而色不变"的太有涵养的人,我要是和他下一盘棋,我想我肯定适应不了这种慢节奏,免不了中途而去。你想啊,即使对方兵临险境了,可他却不动火,不生气,神情自若,仿佛无关痛痒,使你本想看他眉头紧锁,抓耳挠腮,自己却心里偷着乐的鬼心思一下子无所适从,变得索然寡味,没了一点胜利的感觉,这还有什么劲头?

李笠翁在《闲情偶寄》中有这样的见解,说弈棋不如观棋,因为观者无得失心,输赢与己无关,看两人相斗,脸上忽阴忽晴的表情变化才是一件有趣的事情。我认为这的确说到了点子上,比如我吧,既喜欢下棋,也喜欢观棋,只是总忘了"观棋不语真君子"的古训,看着看着就开始给别人出谋划策,即使是一着臭棋,说出来心里好像也畅快了不少,否则憋在肚子里实在是一件很难受的事情。所以一个棋盘两人下,另有多人围观,是最常见的街头一景。如果有风雅之致,无胜负之心,给人的感觉一定是从容自得,风神潇洒,飘然有神仙之概。可是世间有这么多的人对此乐而不疲,更是因为颇合人类好斗的本能。的确,与其和别人钩心斗角,争名逐利,倒不如在棋盘上运筹帷幄,抢几块实地或是跃马横车,一招制敌来得有味道。

但是如果像传说中的朱元璋那样,为了除去功勋卓著的大将徐达,故意与他下棋,让他进退两难,输是故意让着皇帝,赢是眼里没有皇帝,都没有好的结局,那可就不好玩了。反正君叫臣死,臣不得不死。谁知徐达情急智生,不经意间就在棋盘上用围棋排成了"万岁"二字,着实地拍了一下朱皇帝的马屁,颤颤巍巍地保住了身家性命。

其实对于棋而言,说到底只是修身养性,怡情增智的工具而已。可是下到如此战战兢兢,要脑袋搬家的地步,唉,不下也罢!

粥

在饮食方面，我对那些非干噎不饱的人一直都是十分不解的。想想看，一日三餐都是干巴巴的，即使是山珍海味，时间一长，也就一点食欲都没有了，还有什么心思吃饭？而对于我来说，在这样的冬日，如果在早晚的餐桌上能够喝上一碗热气腾腾的白米粥，温暖着周身的血脉，就足以使我满意了。

但是总认为粥这东西吧，我再喜欢喝上几口，也只是平常人家的普通饮食，没有什么大不了的。最隆重、最风光的时候也不过是在腊月初八的那一天，能够顺应世俗，热乎乎地喝上一碗腊八粥而已。每年快到腊八的时候，还有一些讲究的家庭就会忙开了。一般来说要在粥里放上八种点缀，有五谷杂粮，比如红豆、薏苡米之类；还有一些粥果，象枣子、桂圆、栗子什么的，反正凑够八样就成。等到腊八早晨，一人一大碗，喝个痛快——此时就不管你爱不爱喝粥了，这可是集体活动，要是不喝，那是万万不行的。

然而意想不到的是，在清朝的随园老人袁枚这位诗人、美食家的眼里，他是既反对荤粥，也不赞成腊八粥的。他说，"见水不见米非粥也，见米不见水非粥也，必使水米融洽，柔腻如一而后谓之粥……近有鸭粥入以荤腥，为八宝粥者入以果品俱失粥之正味。"他认为粥的正宗就是我们平常吃的白米粥。看来这白米粥还真的透着一股家常劲儿。性情纯净洒脱的他也许是主张世间万物都有一个回归自然的意思吧？

其实在历史上有许多文人学士都是品粥的行家。比如大家耳熟能详的陆放翁、杨万里。迁延至清朝,阮葵生就曾得意洋洋地在《茶余客话》记录了他自己写的一首《粥赞》的诗歌,诗云:"香于酪乳腻于茶,一味和融润齿牙。惜米不妨添绿豆,佐餐少许抹盐瓜。匙抄饱任先生馔,瓢饮清宜处士家。惟恐妻儿嫌味薄,十分嗟赏自矜夸。"

呵呵,怎么样,这首诗是不是写得甚为诙谐风趣,颇为实际,也颇平民化? 忽然在想,要是我们在劳累奔波之余,回到家里,坐在餐桌上品粥的时候,还能够有兴味地将此诗暗诵一遍,在会心一笑的同时,那种整天为稻粱谋的行色匆匆的紧张心情是不是一下子神清气爽,放松了许多?

"洗心斋"小记

"洗心斋"是我十多年前替自己的书房起的名字。说是书房，其实应当说是我的卧室才对，因为至今我依然蜗居在这个十几平方米的小房间里。读书人若是没有一间属于自己的书房，不能神气活现地坐在里面，显出自负轻狂的神气来，那种失落的感受，嘿嘿，真乃不足为外人道也。

虽说是我的卧室，但也有一张书桌置于窗前，一架图书立在床头，自然而然就有了书房的味道。本来嘛，真正的书房是无所谓大小的，放得下一桌一椅即可。正所谓"室雅何须大，花香不在多。"秋夜里，冬阳下，尤其是我展卷吟咏的好时节。窗外云淡风轻，屋内书声琅琅，此情此景，如诗如画。恰似我当初嵌在床头的一副对联："风云三尺剑，花鸟一床书。"想想看，古有施耐庵、汤显祖、曹雪芹等，今有钱钟书、金开诚、王朝闻等众多的文人学者挤在这个小小的书架上，默默地盯着我，让我不敢偷懒。在与这些智者的对话中，我迫切地希望我的思想境界能够有那么一点点的净化、升华，这也是我替书房起名为"洗心斋"的初衷。

我经常在这样的一间狭小局促光线暗淡而且密不透风的"洗心斋"里想入非非。一个真正属于我的读书的场所难道真的离我那么遥远吗？记得古书上说，"张华游于洞宫，遇一人引至一处，别是天地，每室各有奇书……问其地，曰'琅环福地也'。"琅环就是天帝藏书、读书的地方，这样的书房让多少文人学者魂牵梦绕而不可得……有时候望着立在床头的那架图书，不禁为它们叫屈。当我躺在床上，它们就挤在我的脚边，静静地看着我，毫无怨言。

想起来也觉得很惭愧，由于地方狭小，还有书价上扬的原因，这几年书明显地买得少了。一些好书我都是挤出点时间站在书店里看完的。其实我知道，就是我书架上的书籍，也不可能全部读懂读透的，俗话说"书读百遍，其义自见"，真的，这些就够我琢磨一阵子了。但是如果有一间像样的书房，我又何必经常去书店蹭书看呢？

有时候不禁傻想，若能够像那位名叫郝隆的古人，七月初七在太阳底下晒肚皮，美其名曰"晒书"，潇洒狂傲之余，倒也冲淡了我等对书房的相思之苦。

闲则心安

"闲"真的是一个好字眼,让人一下子就有"岁月静好,现世安稳"之念。

我实在想不到一个肚大腰圆,有钱有势,却一点闲情都没有的人,还能够有多大的人生乐趣。有了闲情,才可以品味与享受生活赐予我们的每一个温暖的瞬间,才是一种圆满,才能够真正为自己的内心世界活一回。

当然闲也是有比较的,适度的,我们可以有闲暇,可是不能做"闲人"。总应该好好工作,争取多一点闲钱,零花钱,可以多买几本中意已久的书而不必顾及囊中羞涩。

我一直就是一个不太喜欢热闹的人。平生最亲密的就是书,可是学生时代没有闲钱,看到好书不能买,就像毛头小子看到中意的女子,还没来得及表白,她已经巧笑倩兮,美目盼兮,突然出现在别人家的厨房厅堂,那简直是太难受了。工作以后有了微薄工资,就再也没有为买书苦恼过。虽然书价年年涨,但比起黄金钻石还是便宜得多,况且在我眼里珠宝远没有书籍可爱。不禁连连感叹,幸亏我没有对珠宝着迷,要不这一辈子别想安稳了。

我一般是在家里就想好最近要看什么样的书,去了书店就直奔主题。有段时间经常在各家书店打听明代冯梦龙编著的《智囊》,弄得营业员都认识我了。谁料都是节选,更无奈的是都是文白对照版本,到现在找一个全本都很难。好在这样的情况不多，一般进了书店都可以找到自己心仪已久的书籍，其实买书有时图的就是拥有自己喜欢的书籍的喜悦。如同赴情人的约会，看到意中人裙裾飘飘，千呼万唤始出来才愉悦地舒了一口气。有时只为这一份喜悦，就买下了一堆古今中外的书籍，拿钱不当钱以外，也算体味到什么是坐拥书城的豪情。

虽然喜欢书，惭愧的是蜗居太小竟然没有一个像样的书架，书摆放的到处都是。家人觉得乱，我却知道哪本书在什么地方，伸手就可找到。为了学业而不得不读自己不感兴趣的书，那样的时代已经渐行渐远，如今盘腿坐在小床上静读自己喜欢的书，该是怎么样的享受啊，而这样的享受带给我的是无比安宁的内心世界。

反锁在阳台上

我生性爱静,不太喜欢热闹的气氛,就连业余爱好也只是玩玩电脑、下棋、集邮什么的,仿佛运动就是我的天敌。所以咱妈一见我在电脑前坐的时间太长,就总爱唠叨,你呀,站在阳台上弯弯腰也好啊!

可是现在,我一个人在家,没有人管我了,我却一直站在阳台上。

并不是突然改变了主意,而是到阳台的晒衣架上拿袜子,准备穿戴整齐出门去,不料"砰"的一声,阳台的门把我给反锁了! 呵呵,这下好了,不是不愿意多运动吗,现在就在阳台上运动吧,反正你也没有办法开门了。

星期天的下午,院子里静得很,往常那些来来往往的人儿现在都不清楚哪里去了。邻楼相隔太远,不好喊人,而且站在阳台上也不知道对门邻居有没有人,再说站在阳台上喊也太夸张了啊。

来回走了几步,别急,千万别急,有事情也得跟没事人一样! 不就是演一回空城计吗? 这么一想,还真就觉得没有什么了不起了。我站在阳台上,平心静气地看起了"风景"。其实有什么好看的呢,几栋半新不旧的楼房而已,可现在不看也得看,不是吗? 忽然不由得一笑,如此地步的我竟还能隐隐约约想起了一句诗来,叫做"你站在桥上看风景,看风景的人在楼上看你"。可是这个"你"在哪里呢? 于是关于"你"——就浮想联翩。

就这么倚在窗口,感觉颇有一点诸葛孔明城楼弹琴的气定神闲。如果不是听见楼下邻居的说话声,我差一点就忘了自己下午还要赶紧出门

慢慢走,欣赏啊

的。心想好了！早也盼,晚也盼,救星可能就要露面了！

果然,楼下的邻居很快就推着自行车出来了。我在楼上笑容满面,一声招呼——你好！就此搭上了话,从而有了一个解救青年才俊的机会。

虽然和这位邻居平时是很少见面的,不知道姓甚名谁。

吃碗茶去

我不懂茶，更不通茶道，但是偶尔陪朋友们在茶楼里坐一坐倒也是不妨事的。一杯香茗，两人对坐，聊聊古往今来，家长里短，应该是极有情调的事儿，可惜我对茶道知之甚少，腋下习习生风的机会并不是很多。

按说茶乃开门七件事之一，作为国人的饮料，王公贵族、贩夫走卒皆少它不得，有中国人的地方，就会有茶的芳香。可不知怎么回事，至今我也没有学会所谓的"品茗"，但想起来也奇怪，我这个不懂茶的人，结识的友人却个个是品茶的行家。所以对于我来讲，静下心来看看别人是如何慢斟细品的，倒也是一件有趣的事情。

喝茶的确需要一个闲适的好心境。爱泡茶馆的扬州人是很知道这一点的。"早上皮包水，晚上水包皮"，虽然是慵懒了一点，却深得其中三昧。如果在冬日，喝茶人的手里应该是有一把宜兴紫砂壶的，大小各人所爱，在冬阳的抚摸下闪耀着温暖的柔光。要么取一只小茶杯，自斟自饮，悠然自得；要么干脆洒脱不羁地对着壶嘴来上一口，这喝茶也才有了个模样。夏日时分，便有人端起了白瓷小盖碗，风雅倒是风雅，却并不欣赏，那颤巍巍的样儿也显得太小家子气了。如果心里还有一种别样情趣在，不妨用一回普通的玻璃杯。捏一撮上好的茶叶，置于杯中，然后开水急冲，那叶儿便如针尖状在水里直立漂浮，良久才慢慢舒展开来，色绿味淡，清香宜人，风味绝佳，与魏晋清言相仿佛。如果此时能够与友人清茶一盏，棋行三局，真不啻是一种绝好的享受。有人云："一杯，有清新甘味；两杯，有人

慢慢走，欣赏啊

生苦味;三杯,有老年涩味。"我等离老年尚早,可是看在水里漂浮不定的叶儿,与人海里升降浮沉的我们又是何等相似乃尔!

受那几位嗜茶朋友的熏染,尽管不懂茶道,却也对茶叶的品种、产地知道不少。仔细想起来,国人嗜茶,大概是因为这甘苦共存的茶叶,与我们的生活真的有相通的地方。"忙里偷闲,吃碗茶去;苦中寻乐,拿壶酒来。"的确大有深意在。

男人的馋相

女人是一种喜欢叽叽喳喳的动物，否则也不会有"三个女人一台戏"的说法了。只要几个人聚到一起，东家长西家短就成了她们永恒的话题。可是男人呢，即使有这样的闲工夫，也不会用来说三道四，他们认为，还不如给自己来点实惠的东西要紧，比如在家里想着弄一些好吃的也行啊。

对了，男人的一个显著特征就是"馋"。

想想我们的少年时代，哪个男孩子没有拥有过笑傲江湖、剑走天涯的侠客梦？可我总觉得一个男人以这样的充满阳刚气息的梦想为荣，潜意识里还是对那些绿林好汉大碗喝酒、大块吃肉惬意生活的一种发自肺腑的向往。在男人看来，酒肉穿肠过是最美妙的人生体验。

馋的最大诱惑，就在于突然想吃眼前没有的东西的时候，那时节真是百爪挠心，恨不得马上就吃上嘴，才叫过瘾。人生贵适意啊，就有这么一位古人，秋风乍起，忽然想起家乡的鲈鱼之味，为了一饱口福，竟然挂冠而去，连官都不做了。

人们对自己家乡的风味小吃总是这样念念不忘：北京烤鸭、西安羊肉泡馍，天津狗不理、符离烧鸡……《世说新语》中记载，王济在餐桌上指着羊奶酪很得意地问陆机，"卿江东何以敌此？"陆机毫不示弱，"有千里莼羹，但未下盐豉耳。"呵呵，两人作为晋朝名士，居然为了南北食品打擂台，也算得上是一桩逸事吧。

一般来说，男人都有一个好胃口。只要不是一心向佛，没有谁愿意主动吃素的。就是真做了和尚，恐怕也要如传说中的那位喜食狗肉的济公一般。男人就是这样，如果在外应酬多，饭局多，即使赶场赶得头昏眼花，吃出个"三高症"来，心里还是偷着乐的。如果谁能达到"三月不知肉味"的水平，那是不可想象的事情，人前人后肯定就要大喊"嘴里要淡出个鸟来"了。至于孔老夫子说的什么"席不正不食"、"割不正不食"，对于本性就是无拘无束的男人来讲，简直就是孙猴子的紧箍咒了。在男人的眼里，只要有酒有肉，什么都不在话下。即使像樊哙那样用盾牌托着猪肘子，拿佩刀切着吃，也是好的。先解解馋再说，哪里还管什么吃相！

画可以读也

　　曾经注意到袁枚在《随园诗话》里有过这样的见解，"画家有读画之说，余谓画无可读者，读其诗也。"不可否认，随园老人这句话还是很有见地的。绘画是一种视觉艺术，不说观画、看画，却说读画，从画中读出别样情趣来，这个"读"字真是透着一股灵气儿，很能够让你去琢磨，不禁拍案叫绝，叹服古人用字之神。

　　俗话说"一百个读者就有一百个哈姆雷特"，同样的一幅画给阅历不同、性情各异的人们来观赏，肯定是众说纷纭，见仁见智。随园老人是一位文学造诣很深的诗人，他的审美眼光自然而然带上了诗的色彩。确实，从诗歌的角度来理解绘画，从中读出盎然的诗意，也是一种独特的赏画方式。比如我们常说写出"人闲桂花落，夜静春山空"、"明月松间照，清泉石上流"等清词丽句的唐朝诗人王维是"诗中有画，画中有诗"，就是指一种感觉的转化，从而给了心灵一个极其广阔的想象空间。所以要想读出画中诗，首先要画中有诗，心中有诗。

　　相较而言，中国画里的诗意应该是要浓一些的。尤其是古代的文人画家，一肚皮不合时宜，无处发泄，只好在青山绿水的挥洒间隐隐露出超尘拔俗的意思；在花鸟草木的描摹中显出对官宦生涯的倦怠，对凡人生活的向往。"咬定青山不放松，立根原在破岩中。千磨万击还坚劲，任尔东西南北风。"画竹高手郑板桥在他的一幅画里题上了这样一首借竹自况的诗，是不是有一股凛凛然潇洒豪迈之气扑面而来？再比如有这样的一幅酣畅淋漓的水墨画,墨色浓淡之间,两棵大白菜跃然纸上。但是画面的一角更是画龙点睛地添了两句,"不可无此味,不可有此色",一幅纯粹的画作就有了新的内涵,它承载了画家自身沉甸甸的道德观念与人生价值,很是耐人寻味。

画家林墉曾经著文解释这个"读"字,他认为"古人说观画是'读'画,大概是说赏画不只是看,应该像读书那般一页页地揭下去,边看边想,层层寻味,把一幅幅画当做一本本书来看,就是所谓'读'了吧?"其实呢,窃以为画的最高境界就是以"读"这种方式,透过视觉直达内心深处,给人一种心灵的愉悦和震撼。而这种难得的感觉,又是多么的只可意会,不可言传……

茶事琐记

　　我不懂茶，也不太了解茶叶的品种。所以朋友们聚到一处，面前有没有一盏清茶我是不在意的，同时也形成了好茶次茶无所谓的习惯。不过可喜的是我那些朋友一个个都是品茶的行家，一些好茶的确我也沾光不少。和他们在一起的时间长了，虽然对茶叶的鉴别仍然知道的不多，但是喝茶的兴趣倒是提高了很多，也算是一大收获吧？

　　其实最大的收获在我是学医以后。说来惭愧，早年我就是茶盲一个，不知道茶还分为红茶、绿茶什么的，一进中医学院，才惊讶地发现，菊花、枸杞等竟然都是可以用来泡茶的！且不说各有各的功效，对身体保健是大有好处的，单就手里捧热茶一杯，看着里面浮动的朵朵花瓣，闻着飘逸而出的缕缕花香，就能让人陶醉不已。

　　记得有一回，一位朋友去商场买茶叶，也许是兴之所至，竟然与营业员聊上了。什么茶叶的名称啦，产地啦，鉴别啦，把那个小姑娘说得一愣一愣的，瞪着两只大眼睛吃惊地望着他，也许她心里在想，这小伙子究竟是买茶叶的呢，还是卖茶叶的呢？

　　其实想想看，我们安徽真是出产茶叶的好地方。黄山毛峰，太平猴魁、霍山黄芽、六安瓜片、舒城小兰花……多着呢！当然了，有好茶还得有好水，水不好，再好的茶叶也白搭，陆羽的《茶经》曰："其水，用山水上，江水中，井水下。"所以曹雪芹笔下的梅花落雪沏的茶暗香流滢，趵突泉的水沏的茶清香宜人。

　　《神农本草经》载："神农尝百草，日遇七十二毒，得荼（茶）而解之。"看来，品茶的确是人生一乐。

听 戏

　　那天和朋友一起在街上闲走,忽然听见不远处有家音像店里传出一段极有韵味的西皮慢板,"听他言吓得我心惊胆怕,背转身埋怨我自己作差……",侧耳细听,原本对逛街就没有什么兴趣的我一下子来了劲,这不是"捉放曹"么? 朋友很奇怪,你喜欢京剧? 看他好奇的模样,好像是说还未到而立之年的我就不能够喜欢京剧似的。我笑了笑,只是爱听上几句而已,但要说喜欢嘛,倒也是真的。

　　但是想起来小时候最不喜欢看的就是唱戏了,你想,就是看战争题材的电影,每逢见到枪林弹雨的镜头,我都吓得扭过头去,何况舞台上那些吓人的脸谱? 直到后来才渐渐听出一点点味道,原来京剧也是有许多讲究的,生旦净末丑,唱念做打功,真可谓多姿多彩。你没听见有一首歌里唱"一张张脸谱美佳佳"么?

　　现在的我只要有可能,就坐在电视机前听戏,微闭双眼,手指轻轻地敲着板眼,聚精会神地听。遇到一声韵味十足的唱腔,就似搔着了痒处一般,一声叫好是决不吝惜的。这时节就觉得那抑扬顿挫真如行云流水,让人如醉如痴,浑身舒泰。当然喽,如果是很见功夫的武戏,眼睛还是要睁开的。

　　记得多年前一个偶然的机缘,我在一家医院实习,和一位曾经是京剧团武生,现在因为椎间盘突出而住院的中年人认识了。从此除了正常的治疗外,得空就和他聊起了京剧。当他听我说起"长靠短打"等术语,"挑华车"、"三岔口"、"十字坡"等武戏时,望着当时才 20 出头的我,他很惊讶地说,想不到现在的年轻人还有喜欢京剧的! 呵呵,那表情和我上面提到的朋友几乎一个样。

其实这有什么呢,京剧毕竟是咱们的国粹呀。在那让人眼花缭乱的戏曲里,"空城计"展示了孔明的智慧与胆略;"四郎探母"流露了母子情深;"刘兰芝"表达了平常百姓的坚贞爱情;"岳母刺字"显示了忠心报国的赤诚情怀⋯⋯在欣赏舞台艺术的同时,我们不是也经受了一次传统道德文化的洗礼吗?

正因为如此,国庆放假结束,上班时同事问我可去哪里玩了,我笑了笑,要知道,我可哪里也没有去。在电视上欣赏"全国京剧戏迷票友电视大赛"就是我头等的大事,那几个晚上,可真是让我好好过足了戏瘾!

茶楼观人

平生第一次被朋友拽到茶楼里去喝茶。说我也算是喜欢舞文弄墨的风雅之人,却连茶楼都没去过,怎么也说不过去。朋友的心倒是挺实在的,可惜我对茶道的确是知之甚少,辜负了他们的一番美意啊。

其实像我这样的"意不在茶"的人在茶楼里可不是少数。他们的举止一般都显得有些另类,特立独行的身影是他们的标签。有的独自夹了一本书,不紧不慢地上了茶楼,点上一杯红茶,闲闲地抿了一口,淡淡的茶香沁人心脾,这时候才舒眉展眼地打开书来,悠悠然欲求一睹为快。有的特地选一个靠窗的位置,独自品一会茶,闲看窗外云卷云舒,想着自己若隐若现的心事儿。他们的表情也是丰富多彩的,有的眉头紧锁,也有的微露笑意。仔细看看,这些人中以女孩为多数,男孩也有,但不多。

若是呼朋唤友,男男女女聚在一处,那就是很热闹的事情了。品茶聊天也是极有趣的,他们或斜倚,或后靠,怎么舒服怎么来,全没了平日在外奔波时那种疲惫的、僵直的姿态,更没有了在办公室正襟危坐的严谨,真是不亦快哉。有的意兴遄飞,笑谈古今;也有的言辞不多,只是偶尔插上几句话,唯愿做默默的听众,很有些善解人意的味道。这里面有国际新闻,有国家大事,当然更多的是自己的点点滴滴。把很多天来让自己或忧或喜的事儿说完,压在心头的情感也就宣泄得差不多了,顿感心旷神怡,轻松了不少。于是皆大欢喜,下棋也可,打牌也行,再乐他一回,各奔东西,作鸟兽散。

当然,茶楼里是断然少不了情侣们的身影的。如今的年轻人已经觉得电影院、公园很难吸引他们了,而这样的一个休闲场所是很能够让他们驻足的。扎个马尾辫、背个双肩小背包的女孩,或英俊或潇洒的男孩是整个楼层里最惹眼的风景。嗑嗑瓜子,喝两杯饮料,也挺自在的。女孩是理所当然的主角,总喜欢唧唧喳喳说个不停。对面的男孩含着笑意静静地听,眼波里流动着款款深情。这样的结果往往是女孩子挽着男友的胳膊,凌波微步,来到收银台前,静候心爱的人儿掏钱。

　　茶楼虽小,却也算得上是一个人生的大舞台。既慎独,又不哗众取宠,性情各异的人们在这里尽情地展露着真实的自己,敞开心扉给人看。

愚人节这一天

中午一个朋友打电话给我，说到我的单位有些事，顺便在一起吃个饭聚聚。有朋自远方来，不亦乐乎。既然要聚，两个人多冷清啊。我和朋友就开始到处呼朋唤友，共赴饭局。

于是一个电话，打给我的同事，护士兼才女是也。可是许久没到。忽然有人笑曰："别认为今天是愚人节，不来了吧？"这才想到今儿是愚人节，愚弄人是堂而皇之地干活。赶紧又联系，她已经在路上了，并没意识到今天是愚人节。

也是，在我们的脑海里就没有愚人节的概念。我笑说，我们都是实实在在的人，没骗人的头脑啊。

可是，饭桌上边吃边聊，遇到麻烦了。平生最怕吃鱼的我，才吃几口就被鱼刺卡住了。那个倒霉啊！赶紧不露声色，弄几口饭试着吞进去，可是一点效果也没有。好在只是一根鱼刺，只是吞咽时有些戳着嗓子难受，并无别的不适。于是再不敢多吃什么了，疼嘛。

也不想坏了大家的兴致，托着腮帮不吃。便有人说，在饭桌上也思考啊。那个说不出的郁闷啊。

饭后大家作鸟兽散。我才对老婆说，今儿惨了，被鱼刺卡了。老婆慌了，赶紧倒了热水，说："先喝点水看看？"我知道效果肯定不会怎么的。可是一想这丫头要是一直心神不定，回家忍不住和父母一说，都得担心了，那是何苦？

看来善意的谎言还是需要的,骗人还是允许的。

一杯水慢慢下肚,我就若无其事地说,"好了,放心吧。"这傻丫头真的信了,说,"那就好那就好,我先走了啊。"一蹦三跳地赶公交车去了。

然后一个下午,我就没怎么上班,直接去了单位的耳鼻喉科。又是喷麻醉药,又是喉镜检查,准备工作就费了老鼻子劲。也神啊,最后的操作也就一两分钟,医生用个细长的镊子就把鱼刺轻易地取出来了。

耽搁的时间太久,回家有一点晚。老婆问,公交车不好等吗? 是啊是啊,我立刻接茬。心里就笑啊,这丫头真的好应付。亏得我还算是一个善良的好孩子。

唉,这一天弄的。愚人节这一天,是不是真的注定是要骗骗人的呢? 嘿嘿。

秤砣与秤杆

　　记得古书上有着"男绵女涩便是德"的记载，也就是说男人是天生高贵的，理应养尊处优，"君子动口不动手"，而家中一应浆洗缝补等等琐碎事务都是女人家的事情，所以男人的手清洁光滑，女人的手则粗糙如枯树皮。更重要的是这不仅无虐待之罪，而且还是白纸黑字，得到了世人的肯定。

　　女人就这样被男权社会禁锢了几千年。孔老夫子说，"唯女子与小人难养也，近之则不逊，远之则怨。"也就是讲男人如果对女人呵护有加，她自然就添得骄娇二气，让你左也不是，右也不是，总之动辄得咎；有意疏远她呢，她又柳眉倒竖，抱怨声声，恨不得全世界人人都知道。所以三千弟子都能够因材施教的孔子却认为女人是最不好对付的。那么女人究竟是不是如此呢？应该说在生活中这种情况还是有的，他并没有说错。可是另一个问题是他忘了自己作为一个男人应该是个什么样子了。

　　其实站在女人的立场反思自己，有的男人也并不怎么样。举个例子吧，女人和他靠近一点点，就想入非非，跟馋嘴猫似的；疏远一点点，更是死皮赖脸地要让"对面的女孩看过来"。就说孔老夫子自己吧，好像有一次还特意去看望过一位名叫南子的美女来着嘛。

　　如此看来，世界上的男男女女差不了多少啊，但是如果始终以男权思想来对付女人，女人也会反击的。别说现在的女人已经把女权大旗舞得山响，就说清朝吧，袁枚在文章中就谈到了杭州有一个女子，"貌美而足欠裹"，却才思敏捷。曾经面对丈夫故意出的诗题《弓鞋》，不慌不忙地吟道，"三寸弓鞋自古无，观音大士赤双趺。不知裹足从何起，起自人间大丈夫！"快哉快哉！不但把男人好好地讽刺了一番，而且也为女人出了一口憋了几千年的怨气。

呵呵，小夫妻琴瑟相得多好，非得碰一鼻子灰。其实呢，古人早就说了，"阴平阳秘，精神乃治"。在生活中应该努力营造平等的氛围，既无大男子主义，也看不见河东狮吼。要知道，男人和女人就是秤砣与秤杆，是谁也离不开谁的。

享受夜晚

很喜欢躺在黑夜里的状态，我会觉得我的大脑和窗外寂寥的夜空一样茫茫无际。可以静听天籁之声，也可以信马由缰，神游天地之间，多好。这样的生活方式，是很让我迷恋的。

躺在床上，什么都不想，静静的。窗外偶尔会传来行人的私语声。此时，一曲《春江花月夜》缓缓地从收音机里流出来，真是极好的背景音乐啊。能够拥有这样的恬淡心境，倒也真的是一桩乐事。我还可以什么都想，故乡的岁月、学子生涯、工作……记忆中的故事都已经是陈芝麻烂谷子了，不提也罢。哦，芝麻，忽然就记起电视上那则人情味浓浓的广告来。"芝——麻——糊——喂！"，一声悠长的吆喝，就有些坐不住了，心头一下子觉得暖暖的。

于是扭亮台灯，溜下床去，自己也冲了一杯芝麻糊。一闻，香香的！来到书架前，抽出一本《纳兰词》，翻了起来。在我的眼中，书桌上的芝麻糊和我手里的书是一样的，都是"养人"的好东西。试想，静悄悄的夜，一个看书的人，身边弥漫着芝麻的清香，这是怎样的一种意境啊。

书一页一页地翻，时间一分一秒地流逝，不觉已是凌晨。忽听一声"怎么还不睡？"这是母亲的声音，只得熄灯就寝。此时的我十分安然，仿佛人世间的繁杂浮躁都离我而去，只留下一段散淡的心绪，伴我宁静入梦……

酒这东西

朋友们都知道我不善饮酒，所以在酒桌上，任凭他们觥筹交错，你来我往，闹得不亦乐乎，我却遵守着"少喝酒，多吃菜，够不着，站起来"的酒场秘笈，左右逢源，大快朵颐，十分的自在。

酒这东西也实在是妙得很。得意时自然"车旁侧挂一壶酒，凤笙龙管行相催"；失意时也不妨"花满渚，酒满瓯，万顷波中得自由"。几杯老酒落肚，境界全开。平素不苟言笑的人绽出了笑脸；寡言少语的人也会突然变得字字珠玑，酒酣耳热之际，更是议论风生，意气飞扬，心胸为之一畅。

酒如此为大众所喜爱，恐怕最主要的还是在于压抑于内心深处的生存的痛苦。哲人尼采曾经在《悲剧的诞生》里提到"酒神精神"，所谓酒神就是醉酒之后大声吵闹的人。他认为这体现了自我压抑，受苦与智慧隐藏在其背后，只有酒神狄奥尼索斯能够使压抑在潜意识里的人性之声以大呼小叫、狂歌乱舞的方式体现出来。所以我们不妨把在酒场上看到的声嘶力竭的划拳叫喊，看做是人们聚饮时所表现的一种心理满足。

其实对于醉酒，我也有过一次印象极其深刻的体验。那次醉酒时我应该还在读小学，正是《少林寺》风靡全国的时候。那天姑爹正在一人独酌，不知道怎么回事，竟然心血来潮，在一个小碗里倒了一点酒，笑眯眯地递给了我。我也糊涂胆大，端起就喝，虽然说"酒有别肠，不必长大"，但是我的酒肠也实在是不敢恭维。一会儿就觉天旋地转，如那些少林武僧般，一步三晃玩起了"醉拳"来了,惹得旁边的表弟窃笑不已。

到如今再不敢轻易与酒打交道。直到有一天无意间看见了《菜根谭》里的一句话,"花看半开,酒饮微醺",不禁有所感悟,"唉,这才是最好的人生境界啊!"

苏杭漫记

就我的性格来说，要是能够如那位"携一袄被，遍历东南佳山水"的徐霞客一般，无牵无挂，徜徉于山川湖海之间，饿了，啖几枚野果，渴了，饮一捧山泉，倒也是一件令人神往的事儿。

几个月前我直奔苏杭而云，想领略一下"天堂"到底是怎么样的。

从合肥到苏州大约需要五个多小时。坐在车上闭目养神，也不知道过了多久，睁开眼睛，突然发现公路边已经看不到平日常见的砖瓦平房了，渐渐就换了一种建筑格调，每一幢房屋都是钩心斗角，粉壁飞檐，风格已迥然不同。让我觉得汽车是不是走错了方向，来到了皖南。

皖南民居我是见过的，怎么这里也是这样的眼熟呢，这是在什么地方？

一问导游，他说这里已是江苏地界，离苏州不远啦。据说原来古城苏州刚有一点规模的时候，还没有建筑房屋的工匠呢。于是从古徽州来了一批泥石瓦匠，在苏州的土地上留下了与皖南建筑极其相似的建筑群。多少年过去了，由于历史的一脉相承，直到现在苏州很多建筑，包括城区的公交站牌，依然是这样的仿古设计，看起来很是雅致。但是说起建筑风格，毕竟还是从古徽州学来的呢。这真是我这个安徽人怎么也没有想到的，好像觉得咱的腰杆子更挺直了些。

至于园林，我倒不是太在意。园林原先只是一些达官贵人的私家花园，妻妾相伴在里面过着优游的生活罢了。我们所游览的藕园就是其中

慢慢走，欣赏啊

之一。虽说纤巧雅致，曲径幽深，但是在我看来，毕竟是某些特定人群诗酒联欢的附属品，给人的感觉不可避免地有一些狭隘，小气，没有开阔的眼界。就像养花种草，再怎么着也不过是一个精致的盆景罢了，远不如那些没有羁绊的野花开得泼辣、烂漫。即使是园林主人的爱情吧，往往也只是墙头马上式的，虽然传奇但是更露儿女之态，充满着温柔缠绵的意味，怎么也不能够演绎成许仙白娘子那样的轰轰烈烈。这让我更向往着杭州的行程。

到了杭州地界，总算来了个当地的美女导游。燕语莺声，真正的吴侬软语，十分的受用。只听她介绍说，苏州给人的印象是欲语还羞的小家碧玉，而杭州则是一个典雅大方不失妩媚的大家闺秀了。虽然说谁都愿夸自己的家乡好，但是想想也是，杭州不仅有葱翠欲滴的山色，而且有江——钱塘观潮，有湖——西湖十景，有河——京杭大运河，还有龙井名茶呢！风水都被一地占尽，不服气也不行，这里的确是一个休闲的城市。

我们是在早晨游西湖的。导游善解人意，先让我们在苏堤上游览一遍，真是步步皆佳景，拿起相机一通狂拍。放眼西湖，真的可以用"春和景明，波澜不惊，上下天光，一碧万顷"来形容呢。

许仙白娘子邂逅的地方——断桥，还有三潭印月、平湖秋月……有这样充满诗意传说的名字，就可以想象得出西湖是多么的美了。即使只是浮光掠影地在湖面上看了看，西湖的秀丽也已经深深留在我的脑海里了。

杭州市政府近年有一个大作为，把一些外围景点用隧道连接，方便游客游玩而且不收门票，这真是目光很长远的战略。中外游客在这多逗留一天，经济收入也很可观哦。

晚上逛夜市，只见杭州城的美女们哗啦啦涌上了街头，很是吸引我们的眼球，大概是白天猫在家里养精蓄锐吧。虽说我们知道武林街是最繁华的商业街道，但是不熟悉环境，第一步就迈进了杭州城最豪华的一个商场——连卡福，望着里面价值不菲的商品，不禁很阿Q地笑了起来，咱买是买不起,饱饱眼福也是好的。

杭州回合肥的路上,喜欢开玩笑的我对导游做了旅行总结——苏州虽精巧雅致,但是总体还是一个"小"字,让人憋闷;杭州这个城市呢,风水也太好了不是,我真想就此住下不走了!

金陵散记

　　"登临送目，正故国晚秋，天气初肃……"深秋时节，立于南京的梅花山上，我情不自禁地想到了王安石的这阕《桂枝香·金陵怀古》。

　　南京古称金陵，乃六朝古都，自然有着与一般旅游城市不同的意味。按说离合肥距离是很近的，对喜欢山水的我来说，可谓近水楼台先得月，早就应该去游览一番，可是也曾经去过一些地方的我却独独落下了这个近在身边的城市。好在现在的我终于在南京的土地上登陆了。

　　我首先来到了梅花山。其时正是梅花开放的好时节，行走在花的海洋里，香气袭人，我好像有一些迷失自己了，真美啊。也许和我的性格有关系，我喜欢徜徉在山水之间，陶醉在花鸟虫鱼的乐趣里。前几年我养过梅花，一盆红梅，一盆绿梅，在精心护理下，竟好像比赛似的都开花了，给寒冷的冬天带来了一丝暖意。可是一想到龚自珍的《病梅馆记》，心里就惴惴的。现在看见这漫山遍野的梅花，把真正的生命之花开放得如此无拘无束，自己的心里也觉得开阔了许多。

　　南京可以说是个人杰地灵的城市，作为有名的古都，山水是这个城市最生动的名片。从山上下来，我径直去了珍珠泉公园。这个名字就让我产生美妙的联想，泉水从山上飞流直下，汇入湖面，溅起的水花就像一串串珍珠……我在公园里不紧不慢地走着、欣赏着，果然在湖边的小路上，发现了有一块石头上写着"珍珠泉"三个丰神俊朗的大字，让我驻足良久。南京有着这样的好风景，我真的没有想到，要是在封建王朝哪有平民百姓欣赏的可能呢？好在如今已经是"金陵王气黯然收"，"虎踞龙盘今胜昔，地覆天翻慨而慷"了！

　　临回程的时候，还是挤了点时间到夫子庙去转转。本来是没有逛街的爱好的，可是人在外地总想多了解一点外地的风土人情，于是你想也想得到，我拎着四只南京板鸭凯旋……

慢慢走，欣赏啊

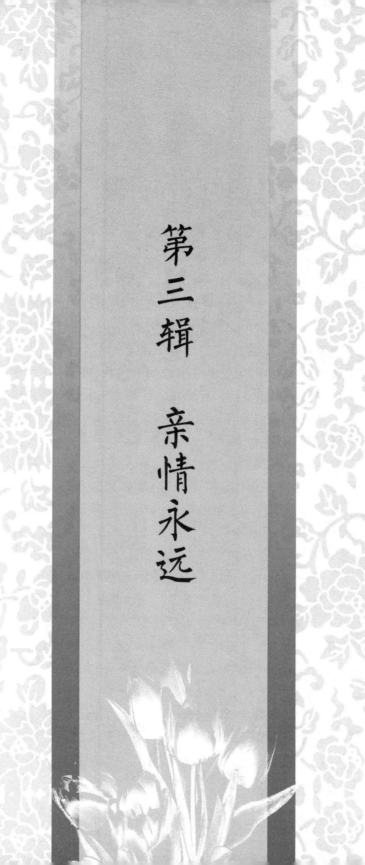

第三辑 亲情永远

儿时可待成追忆

　　我和妹妹打小就性情迥异。我一向嘴皮子笨,不太爱说话,她却头脑活络,做事喜欢动脑筋,也的确显得比我机灵不少。不得不说,儿时的妹妹还是很可爱的。

　　至少她小时候就比我会挑好吃好玩的。那时我们生活在乡下小镇上,只要老爸到省城办事,她都会在旁边眉飞色舞,喊着叫着,我也要去合肥!吃小笼包!骑电马!呵呵,好像每一次到合肥,淮上酒家和逍遥津公园都是她一定要去的地方。

　　但是有时候机灵对她来说也不全是好事。

　　还记得有一次不知道为了什么,我们两人在家顽皮闯祸,竟然被咱妈罚跪在卧室里。这真的是很少有的现象,现在想起来好像我有一点陪斩的意味,因为我是很少在家东戳西捣的。但是不管怎么样,直挺挺跪着的滋味真的很难受啊。于是咱妹妹又开始动起了心思,她看见咱妈在外屋和邻居拉家常,根本就不在监管我们,胆子就大了起来。双腿一弯就让屁股坐在了脚后跟上面。我偷眼瞄了瞄她,看起来倒也真是不累啊。呵呵。

　　谁知过了一会儿,外公到家里来了。一看我和妹妹都不在家,就奇怪地问咱妈我们到哪去了。咱妈这才想起来还有两个小人儿在里屋跪着呢。伸头一看,我还是直挺挺地跪在那,妹妹已经身体蜷成一团,屁股坐在脚后跟上舒舒服服地打盹呢。咱妈那个气啊,一把把我扶起来,再将妹妹喊醒,说,"你还会要心眼了,再给我好好跪一会儿!"

　　得,翻身农奴把歌唱,一转眼我就成了幸灾乐祸的看客了。现在回想起来,我那时候有没有一种庆幸——人啊,还是老实点好呢?

当了一回活菩萨

　　暮霭沉沉，炊烟四起，奶奶拖着一身疲惫从场地上回来了。还没等她喘上一口气，忽然觉得大事不好。屋子里空荡荡的，她的宝贝孙子——其时才四岁的我，以及比我大不了几岁的小姑都不见了！顿时家门口的巷子里闹翻了天，谁不知道咱奶奶有一个讨人喜欢的孙子啊。

　　那天下午，和往常一样，奶奶下地干活时又交代了小姑和我几句，比如不要乱跑，看好家门什么的。可是想起来也是可笑，十岁不到的小姑大概实在是忍受不了这种寂寞吧，竟然独自溜了出去，前后门咔嗒一锁，把我一个人关在家里，放心大胆地玩去了。身处此境，无奈的我只好在小院子里，撂几个爷爷做的鞭炮提提精神。

　　忽然心里一动，这小姑不带我出去，太不仗义了。于是估摸着她快回来的时候，我爬上了家里的一个比八仙桌还高出不少的香案，学着摆在上面的泥菩萨的样儿，恶狠狠地盘腿坐着。心想，不是不带我玩么，我就吓唬你一回。

　　眼瞅着奶奶和几个姑姑无精打采地回来了。就听奶奶说，"下午隔壁的桂枝还找他借东西来着，怎么会一转眼就不见了。"几个姑姑也是焦急地在家里转来转去，竟然就没有一个人看到我。奇怪的是眼看着他们在为我着急，四岁的我竟然有那么大的耐心，就是不说话，

　　天渐渐黑了下来，小姑也班师回朝了。奶奶一看只有她一个人回来，心更慌了，于是准备一家人全体出动。正要将门关起来，小姑不放心，又

检查了一下屋子，立刻就有了"将功折罪"的机会。眼尖的她一声大叫，"在那里！"手一指香案，我正坐在上面望着他们笑呢。

奶奶吃惊不小，"乖乖，你在家里！啧啧，这么高，是怎么坐上去的啊！"

"奶奶，我从板凳上再爬到桌子上，不就可以坐上去了么？"我偷偷瞟了一眼小姑，正瞪着我呢。

玩　火

当年,我曾经效法诸葛孔明,烧出一把大火,差一点将镇上的南大街毁于一旦而扬名于百十里之内。

那时我家还住在乡下的一所小学里。父母一上班,就没人管我了,我也乐得一个自在。经常独自去离家不远的姑奶奶家玩。因为我很少有上树抓鸟,下河摸鱼的顽皮举动,家人放心,姑奶奶也放心,我更是来去自由了。

那天姑奶奶在家门口剥毛豆,我一个人在厢房里玩着。忽然发现了一盒火柴。幼儿对火柴的悟性是无需教导的。于是猴急猴急地去找可以点燃的东西。恰好发现有一叠报纸,真是天助我也。那时也是糊涂胆大,根本不知道报纸边上那把油布伞的厉害,更别说小镇的南大街的电线,集中在姑奶奶家的上方。擦亮火柴,凑上前去,火从墙角燃起,咬住了油布伞,我作隔岸观火状,笑嘻嘻地看着。直到火势越来越大,逐渐蔓延开来,我才慌了神,赶紧撒丫子就跑。回头望望,姑奶奶还在喊呢,要不要送你回去?谁还敢让姑奶奶送啊?连忙摆了摆手。也是凑巧,那天姑奶奶正在忙着剥毛豆做菜,也就没再送我回家。但转过身来,姑奶奶才隐约听到里屋有噼里啪啦的声音。推门一看,只见硝烟弥漫。那把油布伞已然是千疮百孔了。幸亏有它的存在,才引起了姑奶奶的注意。她连忙端起脸盆,从水缸里舀水就泼了上去。由于手忙脚乱,连原先放在水缸里的糯米面粑粑也顺势倒了出来。十几分钟过去,火终于渐渐熄灭了。老人家的一颗悬着的心才落了地。

可怜后来我又被"栽赃陷害"，说是我为什么要想起来放火呢。亲戚们想不通啊。直到看见了落在地上的粑粑以后，表哥摸了摸头，兴奋地说，我知道啦，他是想烤粑粑吃！

跟着爷爷泡澡堂

春节不知不觉就来了。也许是离乡久了，不由得回想起儿时在乡下，每到春节，跟着爷爷泡澡堂的岁月来。

那时小镇上只有一家澡堂，不大，且没有淋浴设施，但对劳累一年的农人们来说，可以洗去一身的疲惫，已经是很知足的了。到了腊月二十九这一日，他们就会拎着换洗衣服，带着宝贝孙子来洗个"元宝澡"，然后神清气爽地回家去。

在这些人中，往往就有爷爷和我的身影。三四岁的我进入浴池，看里面"云雾缭绕"，几个擦背工拉长嗓子喊，"哪一个——擦?"总有些心里怕怕的。水微微有些烫，不敢下去。可是真的泡在水里，却也没有什么，只感觉像是有一只小手在轻轻地抚摸着我，柔柔的，真是无一处不舒坦。可是我从来就没有老老实实地洗过，总是能溜就溜了，因为我意不在此啊。

当年的澡堂和现在大不一样，总会有一些跑堂的卖一些花生瓜子等零食，很能吸引那些贪嘴的孩子们。每次洗完澡，我都会赖着不走。记得有一年春节，竟然享受了当时的最高待遇，吃了三个肉包子，至今犹觉口齿留香。儿时的我常常一边吃着零食，一边看几个洗过澡的老头子聚在一处下象棋。东瞅瞅西看看，别说还真的挺有意思的。现在想来，我的棋艺的发源地竟然就是在那澡堂里啊。呵呵。

父亲的厨艺

现在对好男人的标准是很苛刻的，其中之一就是要能够将锅碗瓢盆、油盐酱醋玩得溜溜转才行，所谓"男为悦己者厨"嘛。可在我们家，早在二三十年前，父亲就一直担当着厨房大任，而且他的厨艺了得，在亲戚朋友间那是有口皆碑的。每次有熟人到我家来，总要对饭桌上的菜肴夸上两句，说味道挺不错，讲究点的就更可以议论议论色香味的搭配。这时候性情沉默的父亲即使依然话语不多，我想心里还是嘿嘿偷着乐吧？

这些年来，母亲将整个家庭打理得整洁利落，井井有条，但是在买菜做饭这些方面，的确是不怎么操心的。就在今天，父亲仍然在厨房舞刀弄勺的时候，估计还是不知道有"男为悦己者厨"这句时髦话。他是一个实际的人，他只知道一家人再怎么和和美美，一日三餐也是不能少的。

有时看看父母，我的心里总在想，他们这大半辈子，人生经历也许平淡，也许坎坷，打眼看上去，都是风风雨雨很多年了。也不知道当年风华正茂的时候，他们是一种怎么样的生活，但是我想，他们一定是不事张扬，将深深的情感沉淀在日常生活之中的。

母亲身体曾经不是很好，医生说了，一段时间不能吃盐，带咸味的东西一概拒绝。哎呀，这下子可就苦了她了。口味一直偏重的她一开始怎么也不习惯在饭菜里一点盐都没有放的吃法。是呀，老话都讲了，"多吃二两盐，走路在人前"嘛。更恼人的是多年来父亲一直受人夸赞的厨艺，现在也英雄无用武之地了，整天就这么平平淡淡地过着。终于母亲慢慢痊愈了,可全家吃淡的习惯却保留下来了。这些天母亲还在饭桌上说,你爸爸现在的手艺其实不怎么样嘛,怎么咸菜也弄得这么淡？我看看父亲,他笑了笑,没有说话。唉,他还是处处在为母亲着想呀。

是的,尽管饭菜的味道可能平淡了些,可是常常在厨房摆弄锅碗瓢盆的父亲,却把人生的滋味,调和得芳香如酒,那么的醇厚!

亲情是一勺鸡蛋

这已经是三十多年前的事情了。那时我们也才五六岁吧，住在乡下的一个小镇上。父母的工资都不算高，更何况那时父亲还在省城进修，母亲只好一个人领着我们兄妹在家，过着平平淡淡的生活。

那时的生活不用说是很拮据的。我依然清楚地记得当时猪肉的价格是七毛三一斤，母亲偶尔也只能买上半斤，给我们兄妹打牙祭。经常是好像还没觉得是什么味道来，盘子就已空空如也了。好在常常能够做到的是我与妹妹可以吃上一盆蒸鸡蛋，这已是很不错的事情了。

真的，那时在餐桌上能够有一盆鸡蛋，不啻今日的孩子发现了肯德基。然而每次母亲把热气腾腾的蒸鸡蛋端上餐桌后，自己却很少吃上一口。总喜欢用汤匙在蒸鸡蛋的正中间划一道线，让我们一人一半，说是鸡蛋营养丰富，对正在长身体的我们大有好处。而年幼的我们也知道如何去做，就暗中注意着母亲的行动，每每趁着母亲去厨房冲开水或是临时放下饭碗出去有事的机会，就抢着拿起汤匙舀几勺鸡蛋放在她的碗里，恨不得那汤匙一下子变得大大的，然后若无其事地等她回来。看到母亲回来后先是一愣，接着又是会心一笑的时候，便也傻傻地望着她笑。忽然觉得母亲此时笑起来是最好看的。

时光荏苒，我们的生活已经发生了翻天覆地的变化，鸡蛋也不再是我们惟一渴望的菜谱了。然而多年以后的我回首往事，依然固执地认为，在那样的清贫岁月，亲情更能闪耀出理性的光辉。

写给出嫁的妹妹

　　大概两三年前的某一天，喜欢摆弄文字的我正自得其乐地伏在书案上写着"豆腐干"，我家那个小老妹轻手轻脚猫到我旁边，歪着头上上下下瞄了半天，瞅瞅写的内容与她无关，才长吁了一口气，道："你那些稿费呢，怎么没见你花一分钱呀！"我一愣，随即半开玩笑半认真地说："这还用问吗，省下来给你做嫁妆呀！"老妹很有点不好意思，忙把嘴一撇，脚底抹油溜了。

　　现在想想这件事仿佛还在眼前呢。那时说这句话的意思也不过是与妹妹逗着玩罢了，并没有意识到现在当妹妹即将出嫁时，我会有着一种什么样的心情。

　　就在前些日子，母亲还对我们说，都是亲兄妹，你们之间就别出什么人情份子了，这样没什么意思，也显得生分了。道理当然是这个道理，可我总觉得这是我唯一的妹妹呀，平时粗枝大叶的我对她帮助就很少了，总不能在她出嫁时我这个当哥哥的仍然没有一点表示吧，何况我清楚地记得说过挣稿费送嫁妆的话。我对自己说，就算当时是一句玩笑话，就算钱不多，这一次我也得认认真真地让它成为能够兑现的诺言。

　　妹妹临走前的一天中午，我对母亲说，"我把这一两年的稿费给妹妹吧，不然心里总是个事情，觉得不安稳。"母亲眼圈红了起来，那你愿给就给吧。妹妹抬起头来，"不是讲好的不要你出钱了么？"可是我看看眼前即将出嫁的妹妹，突然觉得心里一酸，赶紧扭头回到卧室，假装要去午睡的模样。后来只听妹妹在厨房里说了一句，"好吧，这钱我先拿着，以后再还你。"不知道为什么突然我想起了一桩旧事，不由得笑了起来："这是稿费，你用不着还，再说小时候我还'偷'过你的钱，今天就算还账了。"原来儿时的妹妹与许多同龄的小女孩一样，喜欢将自己节省下来的硬币小心翼翼地塞进一个小铁盒子里——但是从来没有塞满过，因为我常瞅她不在家的时候，从里面摸出几个硬币来——以致有一次不幸"人赃俱获"，即使到了现在，也是她取笑我的证据之一。真的，想想以前和妹妹在一起的时候，既有很多开心的时候，也时常发生"人民内部矛盾"，但不知道从什么时候起，我的心里深切地体会到了一脉浓浓的相互牵连的血缘亲情，我就只有这么一个亲妹妹呀！

转眼就到了妹妹出嫁的日子，临出家门，已经打扮一新的妹妹终是忍不住，回过头来，对着家人亲戚眼泪汪汪地哭了起来。别是一般滋味的我牵着她的手，领她出门，边走边安慰她说，别哭，别哭了，啊！可是没想到的是我看着来接她的轿车终于绝尘而去，竟然会怔怔地立在门外，热泪在脸上肆意流淌……

慢慢走，欣赏啊

给你三分钱

夏日的晚上，清风习习，草丛里偶尔会传来蛐蛐快乐的吟唱。一张凉床放在院子里，三岁的我很听话地坐在上面。姥姥一边拿着蒲扇替我驱赶蚊虫，一边逗我，"你以后长大了，给我什么啊？"我挠挠头皮，认认真真地想了半天，"长大了，给你三分钱。"

现在想来，在我幼小的心灵里，三分钱大约是很大的一笔吧。

长大了，离开了家乡。偶尔回去，见到姥姥，她有时候还会开玩笑地提到这件事来。我默默地听着，没说一句话。当年的我就是这样的幼稚可笑么？看着姥姥布满皱纹的脸，想想自己这些年的风风雨雨，一股暖流缓缓地从心底爬上来。

儿时我熟悉的居处，已然没有了旧日的模样。那张满载我童年梦想的小床，也不知道哪儿去了。搬一条长木板凳，坐在院子里，恍然回到二十多年前。

外公剪影

　　依稀听说在三十几年前的某一天,咱爸追咱妈的时候,咱妈都不知道该怎么办,跑去问咱外公。外公轻描淡写地说了六个字:只要人好就行。咱妈心想那个人看上去倒也怪憨厚的,那就先处处看吧。于是咱爸糊里糊涂顺利过关。要搁在现在,至少要问一下何方人氏,职业学历,家境怎样吧? 可是这一切都没能引起外公的足够注意,除了与生俱来的简单明快的性格和对身外之物的淡然之外,我想或多或少还是有一点清高的心态的。

　　咱妈的家族里好几代人都是三尺讲台一根教鞭,在校园里安然恬淡地度过自己的舌耕生涯。外公念过私塾,新中国成立后又在中学教书。当年的学校里教师不多,几乎每一个人都是教几个学科的。

　　外公主要教的是文史哲,这也正合乎他的兴趣。多年浸淫在古代典籍且自己也有上过私塾的底子,外公的闲暇总以写毛笔字、吟诗作赋为乐。每天晚上都是靠在床头看看诗词歌赋,兴致上来自己也写几首诗词自娱自乐,颇有一点我自逍遥的味道。

　　那时候我们还生活在一个乡下小镇的学校里,家里根本说不上有什么玩具,而且小时候街坊中的同龄男孩子较少,只好常常生活在外公身边。老人家总是对我说,熟读唐诗三百首,不会吟诗也会吟。时不时就不厌其烦给我讲解什么是音韵,什么是"平上去入",什么是"一三五不论,二四六分明……"在老人家的熏陶下,我也渐渐迷上了诗词。当我有一天在笔记本上写了一首七绝给他看时，他很兴奋地自语道，嗯，还行，有点意思了。

　　时光如白驹过隙，老人家已经驾鹤西去多年了。而我呢，诗的激情也已如滔滔江水东流不归。可是往往在某一天，远去的人和事会浮上心来，触摸着你，温暖着你。就在前一阵，整理抽屉，找到了当年的那个笔记本，小心翼翼地打开，那首七绝依然还在，只是字迹已经有一点模糊了。

　　诗云：良辰正值少年时，云淡风轻月上迟。

　　　　应是有情无处着，倚窗闲读板桥诗。

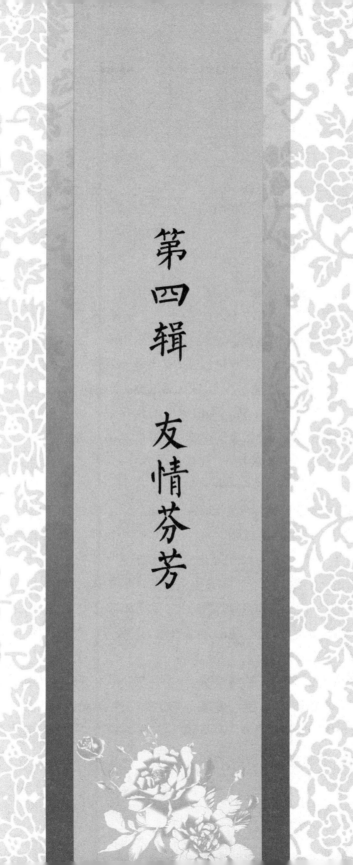

第四辑　友情芬芳

读《朱军东散文集：寻常一样窗前月》有感

20 年前，合肥的一家早点摊。一胖一瘦两个少年坐在里面吃着包子侃大山。忽听有位打扮较为入时的女子轻启朱唇，"老板，一客包子多少钱？"其中一位就有些迷惘了，扭头就问，你知道一客包子是什么意思吗？那位胖一点的少年推了推眼镜应道，应该是一笼包子的意思啊！

其实在这之前，这两个少年都没见过面，且不在一个城市。一个在合肥读书，一个在北京做生意。那位胖胖的少年后来经常很好奇地想，这个连一客包子都不知道啥意思的家伙，怎么可以出门做生意呢？

这两个少年，一个是我，一直在合肥，另一个就是从合肥到北京，再返回合肥的比文的主人公——朱军东。

时过境迁，昔日的少年都已经四十出头了。经过多年的摸爬滚打，朱军东在经商的路上越走越顺，早已不是小打小闹了。更难得的是，他依然保持着当年的率真坦荡，看不出一点点的市井气，依然是一个有平常心，有真性情的人，依然是一个喜欢写字品茶赋诗的人。

现在他终于把自己多年所写的文字结集出版了。作为朋友，由衷欣喜之余，纽细品读，更觉在他的这本书里，充满了一个"真"字，而这正是最可称道的。

从喜欢写文章的人的角度看，我手写我心，才是最好的写作态度。这一点，朱军东做得很不错。多加品味，我们就会发现，即便仅仅是一个"真"字，乜大可分为"率真"、"真情"、"真挚"、"真性"等等来概括这本书的全部内涵。

率真,就是指朱军东性格直率坦白,遵从自己的内心,并不因为常年在商场摸爬滚打而有所改变。比如《我和我的情敌》这篇文章,清晰地显示了他的情路历程。尽管他和情敌有所较量,但很难得的是并没有对情敌有丝毫的不恭敬,而且还很公允地写道"我的情敌是真心爱我太太的,他是个有素养的值得尊敬的人。"说真的,看到这句话,我并不觉得有一丝一毫矫揉造作之态,因为他一贯就是真实的性格。就如同《围炉夜读金圣叹》这一篇里写的,"虽然夜读是一件很快意的事儿,但手头的这本《金圣叹评点唐诗六百首》,却是不喜欢也一向懒得去读的。"我看到这里不禁笑了。这本书是我送他的生日礼物,并不因为我是他好朋友就变得扭扭捏捏,不喜欢就是不喜欢嘛。军东的襟怀坦荡可见一斑。就像当年我和他经常为了一位诗人或者一句诗词的优劣争论个脸红脖子粗也不影响友情一样。还有《色男色女》里的幽默可爱,《烟火人生》里的煞有其事和诙谐开心,《郭妹妹》里的恶作剧……这样的彰显真性情的文章还有很多,仔细品味定有感悟。

真情,在我看来主要是表达了军东与他夫人之间的浓厚感情。在这本书里,多篇文章写到了他夫人的温柔贤惠,持家有道。《失落的玉佛》表达了对爱情信物的非比寻常的珍视;《我要吃醋》以诙谐的笔调写出了对婚姻生活的理解;《太太执掌素质教育》则是先抑后扬,显露了小家庭的温馨和幸福。

真挚,在朱军东的文字里主要是表现在对孩子的疼爱,对家人,尤其是外婆的格外亲近。军东是一个细心的人,对他的儿子小牦牛的言行十分有心,记录下不少小牦牛的童言趣语,让人捧腹之余也不禁为深深的父爱所打动。至于外婆,我想对于军东来说,无疑是他生命里最为重要的一个人。在这本书里,有关外婆的篇章就有六篇之多,可见作者与外婆的感情之深。《外婆的生日》让我们感受到外婆与亲人离别时的黯然目光;《外婆！外婆！》则着意描写了外婆的最后岁月。老人的善良仁慈,对家人的关心爱护在满溢深情的字句里鲜活灵动,栩栩如生。

真性,按我的理解,就是军东一直是以真性格与朋友交往,同时以真性情行走于山水之间的,所以他的文字里不但充溢着诚挚的友情的芬芳,也弥漫着山水之间的钟灵毓秀之气。

《雨夜断句》《镜轩记叙》《素未谋面的师友》等文章都可以在字里行间触摸到真实的友情,以散淡有味的笔触刻画了一个个友人的充满个性魅力的形象。而《新西兰印象》《人在皖南溪水边》《问道青城山》等,在灵气十足的笔触里无不满溢着对山水的欣赏和热爱。其实,一个人要是真的喜欢青山绿水,那这个人的内心又该是怎样的丰盈宁静?

通读之下,在这本书里,没有丝毫的雕饰做作,作者只是随着自己的真情真性,自然而然地流露出对生活、对山水、对家人友人的真实的情感。在现今这样日渐浮躁的社会里,有朱军东这样一个真性情的朋友,闲散之时再读上几页他写的这些充满率真之气的文字,不也是一种难得的享受么?

三少爷的路

　　三少爷刚到我们班上的时候,言语很少,很少有人注意这位坐在最后排的沉默少年。那时我们正上高二,哪里还有闲工夫去留意这位初来乍到,平时只认真听课写作业的插班生。

　　应该说当时只有我偶尔过去和他说几句话。但是我怎么也没有想到多年以后已是无话不谈的我们在一起说到往事的时候,他会突然问我,你知道我是什么时候把你当成朋友的吗? 我不由得愣了一下,实在想不起来,只好摇了摇头。"哎呀,你还记得高二的时候,学校搞了个象棋比赛吗? 当时在课间你是怎么对我说的?"他眯着两眼,嘴角浮动着一丝笑意,好像沉浸在往日的琅琅书声里。

　　哦,那个时候我的确和他议论过这个比赛来着。对一个新环境的不适应使他还是沉默如昔,甚或有一些自卑。"你怎么不去报名比赛呢?""我怕赢不了。""奇怪了,你不去试试,怎么知道赢不了?"短短三句话,他竟然一直记着! 但是让我没有想到的是通过这次谈话,不但鼓舞了他的信心,而且还将我当成了他的朋友。可是多年来我并不知情……

　　后来,他的性情大有改观,渐渐与同学们打成了一片,仿佛变了一个人似的。由于他排行第三,有调皮的同学送他外号"三少爷",不怒,坦然受之。他开朗幽默,妙语连珠,至今犹记一二。广为传诵的是有一次买早点,肉包子个小馅少,他对老板娘一笑,"一口没有吃到肉,第二口不但吃到了还出血了,咬着自己的手啦。"呵呵,他已经不再是以前那种躲躲闪闪,不敢与众人相处的性格了。

谁知道到了后来,我们好像掉了个儿,他机智敏捷,我却话语少了许多。好在虽然不在同一所学校就读,来往还是不少的。这个时候他已经显示出了鲜明的个性,想走一条属于自己的路。大学一毕业,他的父母是很想让他当老师的,可他不同意,说是专业知识用不上,竟然杀到一家企业去了。没有当老师就已让很多人吃惊了,更让我们意想不到的是,在这家企业里,大展拳脚的他不但工作上蒸蒸日上,而且几年后个人生活也在本单位解决了,真可谓如鱼得水。到这时我们才不得不打心眼里佩服这个当年的插班生的眼力与魄力。

可是现在的三少爷却经常不在我们身边,因为他的个性决定着他的足迹,他总是很想到四处看看。一片井底上的天空即使再美,也容纳不了他的那颗热情狂野的内心。就这样他远离了乡土乡情,将他的足迹深深地印在了陌生的土地上。

现在的我们依然在用"伊妹儿"保持着联系。这真是一件值得庆幸的事情,空间距离的长短并没有影响我们之间的友情。虽然相隔千里,我欣喜地发现,心灵的距离却更加近了。这让我突然记起中学时代在毕业纪念册上常常写下的一句话,"我们的空间距离也许很远,但是心灵的距离却很近。"那时的我们尚有些幼稚,但是如今想来,如果是真正的朋友,无论何时何地,这句话是没有错的。

多年的同窗之谊与朋友之情,让我一想到三少爷,心里就觉得一阵阵的温暖。最近见电视上在播放电视剧《三少爷的剑》,不由得一笑,呵呵,如果我们的三少爷置身于刀光剑影的绿林之中,他会不会是一个笑傲江湖的侠客呢?!

QQ

一般我上线的时候，总是能够看见他的头像在闪亮着。只是我热衷于在网上和别人下象棋，他喜欢和人聊天罢了。可是只要他在，我还是愿意和他说几句的，谁叫他是我的高中同学，少年时代的朋友呢。

其实他没有离开合肥之前，我们见面机会也不是很多，可是等他到了天津，我们在网络上倒是很有话说的，也许这就是 QQ 改变了我们在现实中的距离吧？

想起来也是奇怪的事情，我们距离远了联系却更密切了。所以网络真的是好东西，几乎让人感觉不到距离，即使那些朋友平时也不见得会多说什么知己话，只要亮亮地挂在那里，心里就觉得安稳，温暖。

以前哪有这样的方便，别说电脑，电话都很少。和朋友们联系只能够写信，用笔和纸，维系了友情还顺带练了一笔好字。所以家里有了电脑以后，曾经有一段时间很排斥电脑打字，我不会啊！还有就觉得很机械，打出来的字都是方方正正没有一丝一毫的感情色彩。自己写文章也没有灵感，好像思路都僵化了。现在呢，双手早已在键盘上飞舞，反而不会写字了，写出来的字都成了狗尾巴草。右手中指上被笔磨出的茧子虽然还在，但是早就薄得快没了。

QQ 给我的最好的感觉就是没有距离感。无论你在北疆还是在南国，中国还是在海外，只要我们在聊天，来往的速度是一样的。就如同我那个在天津的朋友，在网上和他说话，我就觉得他并没有远走，还在我的身边。

所以，我喜欢 QQ。

"镜轩"与"眠雨阁"

有一位朋友已经和我相交许多年了。我们第一次见面的时候,也只有二十岁上下的样子。可在这之前,信件往来却已经有一两年了吧。想想也好笑得很,只因了一个偶然的机缘,他突然发现在同一座城市里,我和他虽然素不相识,却都喜欢古典文学,于是一纸飞鸿翩然而来,与我大谈诗词格律,有意思的是还附上了自己的诗词作品,细读之下,平仄协调,气韵生动,还真不是打油的格调,应该算是写得不错的。当时心里就想啊,等以后时机成熟了,是不是得找个时间和他见上一面呢?

记得他给自己的小屋起了个雅号,名曰"镜轩",应该说这是受到唐太宗"以铜为镜,可以正衣冠;以古为镜,可以知兴替;以人为镜,可以明得失。"这句话的影响的。有时候他兴之所至,在信笺上就直接署名为"镜轩主人",很有一点古意。不久,我也给自己的蜗居起了个名字叫"洗心斋",也就是争取做一个优点多于缺点的人的意思,据说反响也算不错吧。

在路边的梧桐、腊梅指引下,有一天我终于按图索骥来到了"镜轩",可这位仁兄却正在拜访周公呢,弄得他慌里慌张地从热被窝里钻出来,好一会才将门打开。可是真坐在一起聊起古往今来,却又个个气定神闲,仿佛是多年的好友一般。确实,镜轩的大门对于我们这些不速之客来说,一直都是敞开着的。往往我们来了,门开着,主人却不在,于是一个人在里面喝喝茶、看看书,或者写几行毛笔字,想离开的时候,丢一张字条就走,自在得很,谁也没有把我们当成是小蟊贼。

这样的无忧无虑的日子一天天过去，镜轩主人要搬家了。离开了小屋，他住进了一栋小平房。每次到他家聊天下棋，都要进入一个我们戏称"一人巷"的窄窄的小巷。冬日的午后，我们要么捧一盏清茶，坐在巷口摆开棋盘，轮番叫阵；要么说说诗词歌赋，花鸟虫鱼，也挺热闹的。这时窗台上的水仙花也正静静地听着呢，当我们说起有一位哥们第一次养水仙结果养成了一棵大蒜的时候，在哄堂大笑声中，她的淡雅的香气仿佛变得更迷人了。

　　此时他依然有一间自己的小屋，但已不叫"镜轩"，改了个名字，名曰"眠雨阁"。据说灵感来源于白居易的诗句"卧迟灯灭后，睡美雨声中。"由此可见，他似乎已经从渴求生活的历练转向了对内心世界的追求，希望维持着一种轻灵洒脱的雅洁心态。好在，这种心态直到现在他也没有改变多少。

　　时光如白驹过隙，渐渐长大的我们常常被浮躁的尘嚣弄得心绪不宁，但是只要想起还有"眠雨阁"这样一个好去处，可以放松一下自己疲倦的身心，知道多年的友情是怎么也消磨不掉的，也就够了。

三个酸人说闲话

某日中午，正在办公室的折叠床上睡得迷迷糊糊，手机突然响了。

"你在吗，一会儿去阿黛那聊聊天？"

一听声音就知道是狗尾草兄弟。只是当年舞文弄墨的才子现在成了老板，生意做得风生水起，不过再怎么也没忘了自己的本色。

阿黛，则是一个单位的同事、朋友了，也是个喜文墨、精摄影的才女。前几天我还在和她逗，说她是瘦燕肥环中的某一位。她立马反击，说我是胖头鱼。呵呵。

唉，反正一时半会也睡不成了。几个脾气相投的人在一起聊聊天，也好，那就去吧。

在阿黛的办公室的阳台上，几个人聊着聊着，狗尾草兄弟一时嘴顺，说漏了。

"你们可知道医科大学往哪走？"

"这你都不知道啊？不就在我们单位旁边吗。怎么要到那去？"

"我要送螃蟹去那里啊。"

恍然大悟。原来这兄弟做螃蟹生意都做到我们身边了。不过呢，是送货顺道探望朋友，还是探望朋友顺道送货，只有他知道啦。

因为下午还要准时上班，只有先走了。

时隔不久，阿黛给我发了一个信息。

"七楼阳台，不高不低。远眺蜀山在望，俯看花木葱郁。舒袖清风盈怀,抬眼蓝天一碧。午后闲暇,呼朋小聚。有毛峰碎末,开水一壶,冲淡茶一盏,情谊满杯。

　　海阔天空,畅谈所欲。莫怪此处简陋,有胖头典故,岛城往事,胜似茶点,和笑入腹。更兼短信千里传讯,惹来几许开怀逗趣。问老大,午不休,何日天晴再聚?"

啧啧,这哪里是短信!简直是一篇妙趣横生、典雅可颂的短文啊。

所谓来而不往非礼也,这样的短信我是发不出了,不过胡诌一副对联还是没问题的。

"卧榻三尺,手机乍响,螃蟹做买卖,奸商顺路探友;

阳台四方,银铃笑语,胖头为典故,才女出口成章。"

回应是阿黛得意洋洋的两个字"哈哈!"

情圣交差

  "情圣"是我的一位朋友。第一次知道他名字的时候,他还在遥远的白山黑水之间,身着橄榄绿,心思女儿红呢。据说他常给身边的难兄难弟们"上课",排除青春期的难题,所以得此雅号也不奇怪。

  虽然他现在的工作不错,薪水不低,每天喝喝茶,上上网,但他反而对自己的终身大事不太在意起来。每次出门上街,南来北往那么多花枝招展的女孩子,竟然熟视无睹,从不多看一眼。记得有一次在商场里买茶叶,他居然有闲情逸致就茶叶的品种产地功效等问题与年轻的售货员聊了起来。说得那小姑娘点头如鸡啄米,粉面含羞,双目凝情,仿佛已经曙光在前,胜利在望了。可是我们知道,要是让他来真格的话,得!一定又是腿肚子发软,成了"银样镴枪头"。几个哥们都替他着急,但是他倒是不在意,说还没有找到一个可以和他同甘苦共进退的女孩子,没有感觉怎么行呢。

  是啊,没有感觉怎么行呢。但爹妈不干了。逮着机会就旁敲侧击:你看你看,你的朋友谁谁比你还小呢,都结婚啦;甚至谁谁都娶妻生子啦,然后——你呢?刚开始他还争辩几句,后来想想这样的经常一个人发呆的日子也的确挺没意思的,总不能整天高不成低不就,没个了结吧?

  "情圣"也常常在想,这是怎么回事呢?其实俺也是一个潇洒的小伙子啊,为什么就这样不明不白地在情涛汹涌的海滩上搁浅了?也许是缘分未到吧?但爹妈的确是越发催得紧了,看着他们如霜的鬓发,"情圣"终于理解了他们渴望含饴弄孙的心情。他慢慢抬起头来,幽幽叹了一口气道,"唉,还是早点向他们交差吧……"

慢慢走,欣赏啊

忘年交情淡如水

2000 年岁末的一天，和往常一样，"山也还是那座山，梁也还是那道梁"，感觉也没什么不同。可是刚刚下班回到家，一眼就瞥见了书房里乱七八糟的书籍旁躺着一封信。心里很是奇怪，这些年由于电话的普及，本性慵懒的我已经很少给亲戚朋友写信了。这封信是谁写给我的呢？三步并作两步奔进去，一瞅，原来是《合肥晚报》新开辟的"庐州人家"专栏的编辑萧芸老师的约稿信。

我就更有些惊奇了，虽说我一向对文学挺有兴趣，业余时间偶尔也在报纸副刊上写过几块"豆腐干儿"自娱自乐，但那完全是"三天打鱼，两天晒网"的事儿，怎么能够有资格入报纸编辑的法眼，找我约稿？我写的东西当然自己最清楚了，只是刚刚起步，连文学殿堂的门槛都不知道在哪里呢！所以将信将疑，并没有太当作一回事。上下班之余，依旧和一帮朋友们下棋打牌，品茶聊天，一段日子过去，也就忘了这件事。谁知到了年末的最后几天，萧老师又打来电话催稿，可我已经把这事丢到九霄云外去了。我大吃一惊，天哪！还真有这么一回事？实在的，这种对待读者、作者的真诚态度让我十分感动，也让我很是不好意思，觉得自己有些不懂得尊重别人的意味，可是通过电话里的"察言观色"，萧老师仿佛并没有介意……

于是，我与萧老师就这样开始了近两年的交往。

当时我家还没有电脑，写稿时只能老老实实地用笔誊写在稿纸上，再瞅个空儿马不停蹄地送到报社，或发表或"枪毙"，接受它应有的命运安排，这样也就有了与萧老师面对面交流的机会。在一个冬日的中午，清楚地记得当时穿着黑夹克的我应萧老师的约定，把写好的一篇有关春节方面的专题文章送到了报社。《合肥晚报》社我可是熟门熟路的，坐在公交车上，我就在想，这位萧老师是个什么样的人呢？从名字上去猜，仿佛是很年轻的；可从电话里的声音来感觉，应该是一位中年人。真让人琢磨不透。

到站下车，不知道怎么的，心情一下子紧张起来了。结果我是站在报社的楼梯口好长一段时间才平静下来，"噔噔噔"上了三楼，在门卫那里拿起了电话。话筒那边传来萧老师悦耳的声音，说她马上就从编辑部过来。我刚刚放下电话，那门卫就对我说："看，萧老师来了！"我一回头，只见她正匆匆地从楼梯上下来。大约已经猜到我就是过来送稿件的人，她热情地伸出双手，将我领进了会客厅。

初次与报社编辑打交道，难免显得拘谨。恰巧那天又是雨蒙蒙的天气，连雨伞都不知道往哪里放，搓着手不知道怎么办才好，总有些不太自然。坐在沙发上，偷眼瞅瞅坐在旁边的萧老师，个子不算高，笑容满面，看上去是温恭蕴藉的那一类型。柔和的目光让人心里暖暖的，显得极有文人的气质风度。

就在那天，萧老师与我聊了很多，谈到了我爱好文学的由来，以及文章的风格和报纸版面的特点，等等。这是我和她见的第一次面。

时间长了，也就和她慢慢熟悉起来。因为她一向建议我应该用电脑上网投稿，于是不久以"爬格子"为一桩快事的我便乐颠颠地有了一台电脑。真的，在键盘上敲敲打打的感觉确实不错。于是在面谈、电话联系之外，我们开始更多地在网络上交流。在我发表的文章里，有时我会清楚地看到萧老师修饰、润色、删改的痕迹。对照我的原版本来看，的确是更加生动准确了些。有的只稍微加了一句话或是一个标点符号，或是删去不

慢慢走·欣赏啊

必要的重复文字，就能使文章更加紧凑，顿时境界全出，让我不得不佩服她深厚的文字功力。

除了正常的约稿、发稿之外，渐渐地，我的笔名、我的朋友甚至于我的风花雪月的故事都能够拿来作为我们之间调侃的笑料了。有那么一段时间，由于刚刚和一位女孩恋爱着，不知不觉竟忘了约稿的事儿。我在这边逍遥自在，那边惹得萧老师发来邮件催稿，弄得我尴尬不已，忙不迭地解释缘由。知道这个消息，她很是为我感到高兴。后来有一次在电话里，话筒那边的萧老师故意取笑我现在正是所谓"春风得意马蹄疾"，幸福着呢！不好意思的同时，这个时候的我觉得萧老师于我而言，已不仅仅是一位普通的文字编辑，更可以说是我的一位忘年交的朋友了。

真的，至今我依然不是很清楚当时萧老师为什么会向名不经传的我约稿，但是我的确是因为写稿认识了一位可亲可敬的文学引路人，一位使我的爱好步入正轨的好老师、好朋友。

最后，让我再一次地说一声："萧老师，谢谢您！"

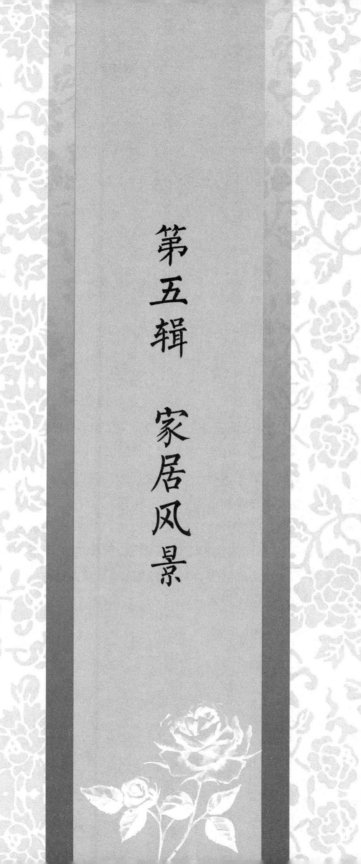

第五辑　家居风景

依然单身

那天出门访友，站在马路边聊得正起劲，忽闻一位友人两个月前已经"名花有主"，不禁诧然。

如今朋友圈中只有我一个孤家寡人了。

也曾经人五人六地打扮一新，外出相亲过。只是两个素不相识的男女各怀鬼胎，上下打量，偏又得正襟危坐，恭听介绍人双方讨好的絮絮叨叨，实在不是滋味。于是痛下决心，再也不当这样的傻帽了。

生活依然如常。快乐地上下班，看我的书，写我的诗词，静静地等待着那个人早日成为我生命中的一道亮丽风景。

然而当夜幕降临，躺在黑暗里，所谓的个人问题还是会从遥远的心底缓缓地爬上来，让我劳心劳神。这几年也曾结识了几位可爱的女孩，但总是因为某些缘故没能走到一起。有时很坦然，这就是无缘吧；有时很悲哀，蓦然回首，已不见当年的倩影。睁开双眼，寂寥的夜空里，几点寒星漏进窗来，倒激发了我的诗兴。得，今夜肯定又睡不踏实了。

这样的单身日子，路漫漫其修远乎？

咫尺天涯

　　真的,我已经很久没有想起你了,仿佛八年前我们从未相识相知,只是人海中匆匆过客而已。可是我无意间从同学那儿知道你最近的情况,心里还是一个激灵。于是我知道,原来你的身影依然隐隐约约地躲在我的内心深处。

　　手放在电话机上,指尖一下下地按下去,心里突然有一点紧张。想我这是怎么了,不就是打个电话么! 话筒里传来久违的熟悉的声音,"谁呀?"本来是想让你猜一猜我是谁的,转念一想,一个八年抗战都过去了,恐怕早已物是人非,于是自报家门。"哎呀,怎么是你!"想象得出你当时惊诧的模样,你问我怎么知道你的电话号码,我笑,山人自有妙计 。你在那边也笑了。但是我知道,此刻的你一定也笑得很勉强。

　　当年的我正着迷于古典诗词,并没有在意身边有多少风花雪月的故事。直到有一天你拿着我无意间留下的诗稿跑来问我,"这是你写的吗?""是啊!"也就是从那时起我才注意到身边有你的存在。当年的你长发飘飘,明眸善睐,自有一种风姿。在很长一段时间里,我的诗里每每都会出现你的身影。而你总是煞费苦心地设计导演,在相同的时间,相同的地点,和我"偶然"遇见,边走边聊。那年的元旦,你送我一张精心挑选过的贺卡,画面上是相依相偎的梁祝,让我既惊讶又感动。我知道,我也走入了你的心里。

　　然而那时毕竟太年轻,根本不知道怎么承受这汹涌而来的感情。最终我们没有走到一起,一转眼八年都过去了。

　　电话里你还说了什么都已然不重要了。重要的是,我们又有了联系。不管日后如何,回首往事,留给我们的都是温馨的记忆。

男人和女人

男人嗜烟，以之为平生一大快事。吞云吐雾，悠悠然，飘飘欲仙。女人当仁不让，演起现代版的"林则徐禁烟"。一只纤纤玉手横空出世，男人顿从仙境跌回人间，连呼下次不敢，只此一颗。男人觉得总这样也不是个事儿，狠狠心真的戒了。女人又说了，烟酒不沾，真不像个男人。

晚上有世界杯足球赛，女人却窝在沙发里看港台电视剧，一会儿笑颜如花，一会儿泪光盈盈。男人很纳闷呢，泡沫剧而已，值得如此浪费感情么。总算开恩换了频道，没有一会儿，女人淡淡地说，"这么多人围着一个球转，还踢不进去，累不累啊？"又搌了回去——此刻男人恨得咬牙切齿，叹道，唉，还是单身好啊。

女人总算要离开家了，她也要回娘家不是？男人窃喜，这下好了，抽烟喝酒看球赛，不亦快哉。然而好景不长，远庖厨的君子好不容易做了饭，却没了胃口。想起不在身边的她，一言不发扒了几口，就倒头睡了。

男人便想啊，女人有时候真的很讨厌，可是生活中没有女人也是很讨厌的。

痛并快乐着

　　每次走过闹市区的各家大酒店,看到办婚宴的新人们立在门口,见一位来宾恭恭敬敬弯一下腰,然后不管亲疏远近,高矮胖瘦,一一和人家拍照留念,原本应该是幸福的笑容都僵在了脸上。心里就想,怎么这新郎新娘在我看来就像是耍猴艺人手里的猴子呢。

　　于是在心里就暗暗对自己说,今后我绝不去照什么婚纱照摆什么婚宴,有这个随人摆布的时间还不如两个人一起去旅游,顺便让青山碧水作证爱情修成正果来得简单潇洒,说到底也不过是一个形式嘛。

　　可是时过境迁,没有逃过世俗和新娘子的要求,前天竟然就和那个即将成为我一辈子亲密爱人的女子忙着去照婚纱照了,而且还是高高兴兴屁颠屁颠的,真是不可思议。

　　到了影楼,摄影师说,要拍五组婚纱照的,简单地说就是要换五套衣服。我一下子就发蒙了,婚纱照婚纱照,我以为只要照一组身穿婚纱的照片,我的乖乖,这样复杂!唉,掉坑里了。看来我真的是幼稚……

　　一套一套衣服换下来,那人终于穿了一袭旗袍翩然出场。让我在公众场合脱口而出,真漂亮!心里一下子就明白为什么女孩子们热衷于婚纱照了,那等于是一幕幕的时装秀啊。可男人就不是这样的了,在照婚纱照这件事上,男人永远是配角。在换衣间里,好几个男人在一起笑谈,说也许一辈子都没有今天这样的繁琐,要是天天都要换几套衣裳那多累啊!

　　累还罢了,最可怕的是不能吃饭,那个饿啊!

你想呀,既然是婚纱照那就要化妆,也就不能吃饭,否则一嘴油腻再用纸巾一抹,得,就成花脸了。开始拍摄的时候摄影师给了两块面包,我还以为是给一个人的,再问,人家说仅此而已,这是两个人的午餐! 不禁叹一声,这是午餐的节奏么? 还不够我塞牙缝的。谁知道拍了一天,肚子咕咕叫也没有时间用膳,直接回家去也。

不管怎么说,陪着那人照婚纱照,一天下来摆了各种姿势造型,累得我腰酸背痛腿抽筋,可毕竟是步入了人生的新阶段,心里还是快乐幸福的。

婚纱照留下了我们今天的幸福快乐,也希望我们会一直幸福快乐下去。

福星高照

昨晚是七夕,牛郎会织女的日子。人家一年一度,难得。我本没什么想法,何况我觉得这鹊桥会,本是安慰人的东西。可是不能免俗的人太多,其中就包括我家老婆。她兴高采烈,对我说:"晚上出去走走吧?"

我暗笑,啥走走啊,拜托,说"败家"可好?转念一想,咱这家还真没什么可败的。唉,随她去吧!

老婆说,"咱去哪呢。东边三里庵有个家乐福,西边怀宁路有华联。"

我无所谓道:"你去哪我就去哪。"

那好!去家乐福吧。可是临出门,老婆变卦了。咱不去家乐福了,太远!去华联吧。

于是掉头奔西。我无奈,善变的女人啊!

不过话说回来,夏末初秋,夜风习习,好久没外出了,今儿两人并肩在华联东瞅西看,感觉倒也不错。

没想到今天上班,一位一向是咋咋呼呼的同事冷不丁问我:"你知道吗?家乐福出事了!"我吃一惊,"怎么啦?""家乐福在七夕那晚,一块大天花板掉了下来,听说砸中了16个人,其中好像还有一名孕妇!"我更惊讶,咱合肥好几家家乐福呢。她说,"就在你家附近啊。"我掐掐胳膊,疼!看来这是千真万确的。

我都快掉眼泪了。感谢老婆啊,危急关头一闪念,多英明的决策啊!

于是在办公室发一短信:"感谢老婆,家乐福坍塌了!"

老婆总结:看来我是你的福星啊!

不娶也不花

老婆至多有时候看看我的银行卡有多少钱，日常生活花销够用不够用，从不让我的银行卡上交。

这很好很好。

某日她很奇怪地问我，怎么最近见你的银行卡还是那个数，既没见你去取，更没见你花啊？

我笑，我是好男人呗。自打和你结婚以后，我就既不敢娶，也不敢花了。

老婆一愣，瞬时明白过来。不由分说，肩膀挨了一粉拳。

因　果

这一两个礼拜鸡零狗碎地买东西,每次花费并不算多,可是接连几次下来,就是一笔不小的数字。

前天,钱夹里的现金空空如也了。

心想,又得去银行取钱咯。

还好还好,昨天单位发什么午餐费,钱不多,零花还可以救救急。晚上到家,未向老婆汇报。

今儿早晨,开车上班,另一辆车强行抢道拐弯,两车亲密接触,伤痕累累。于是报案,定损员一口报价,竟然就是午餐费的数目。这也太巧了吧?

后来我和老婆说,一切都是有因果的。老天爷看我钱夹空了,搞几个钱给我救救急,可是我竟然不向你及时汇报,又被老天爷变相收回去了。

可见,在家里是不能有什么经济问题的!

男人是这样被扁的

一

有一天,老婆难得温柔地问我,你是不是觉得我很好啊?

我说是啊,你是很好啊。

她大喜,那你说说我哪里好呢?

我说,你是自我感觉很好啊!

话没落音,遭遇痛扁。

二

有一天,老婆坏坏地故意问我,咱家谁说了算。

我说当然是你啊,你是老佛爷。

她大喜,那就是说,我是慈禧太后?

我看了她一眼,说,你是脸皮太厚。

话没落音,遭遇痛扁。

三

有一天,老婆要梳妆打扮,对我说,猪啊,去把镜子拿给我。

我说,我是猪,你是啥?

我当然是人了!

不对啊,我怎么看你是里外不是人呢

好啊,你敢说我是猪八戒!

话没落音,遭遇痛扁。

慢慢走,欣赏啊

四

有一天,老婆笑嘻嘻地问我,假如你妈和我一起落水了,你先救谁?

我说,这不可能,你知道的,我是旱鸭子,这就决定了我不会带你们去玩水。

一定要回答。

我先反问一下可以吗,我和你妈妈同时落水,你先救谁?

话没落音,遭遇痛扁。

五

有一天,老婆充满期待地问我,初次约会你对我印象怎么样?

我说总体不错啊,就是有两点没看上。

她想了想,觉得很茫然,说,是哪两点呢?

我故意慢条斯理,我就觉得吧,你那两个耳朵吧,为什么好好的要一边打个耳洞,戴什么耳钉呢?

话没落音,遭遇痛扁。

幸福的长工

星期天的下午，我正闲着无聊窝在沙发上看书，就听见手机"嘀铃铃"响了起来，原来是妻从娘家回来了。这几天身边没个嘻嘻哈哈的人，还真的不习惯呢。现在接到她的电话，我想都不要想，也知道她一定又从农村娘家带来不少的瓜果蔬菜，要我去帮忙提回来。

岳母独自在家，也闲不住，小心翼翼侍弄着几畦菜地，如同呵护着她的儿孙一般。除了留一点白菜萝卜南瓜什么的给自己之外，绝大部分都送给各个子女家了。因为都是自家种的，可谓绿色环保，吃起来放心，所以妻每次回娘家都会带一些蔬菜回来。可是细胳膊细腿的，带的稍微多一点又提不动。只好给我打电话，让我去车站帮她把瓜果蔬菜提回家。

这次果然又是如此，心说又得轮到我出马了。赶忙把书一丢，紧走慢赶到了车站，一眼就看见妻正在站台上东张西望，焦急等待着呢。我走到她身边，将她手里装着蔬菜的袋子提过来，掂量掂量，别说还真是有点沉呢。难怪她要积极地给我打电话啊，呵呵。

我提着蔬菜和妻并肩走在回家的路上，扭头看见她甩了甩胳膊，长舒了一口气，如释重负的样子，我不禁笑了起来，对她开了一句玩笑，"你还真行，每次从娘家回来，就这样把我当长工使唤啊？"她扑闪着大眼睛对我一撇嘴，"不行吗？你就给我当一辈子长工吧！还是不给你工钱的，你反倒要给我钱花的那种长工，你就美去吧，嘻嘻。"

不知道为什么竟然被她的话弄得心里暖暖的。我一把搂住她的腰，对她说，那我就做个幸福的长工吧！因为我知道，当一个女子对你托付一辈子的时候，那真的是一种幸福啊！

第六辑　人物速写

吾友军东

那时我还是个心比天高的学子。一天有朋自远方来，说他的一位同学和我一样，喜欢古典文学，常在自修课上大谈诗词格律，实在有趣得很。我听了这话，也不知道怎么了，就心血来潮，说我和他做个朋友也无妨，只要他愿意的话。

这位"大侠"就是相交已近十年的朋友——军东。

军东喜欢读诗、论诗。像《唐诗别裁集》等书籍他都爱不释手，多有新颖见解，而且自己也写了不少像模像样的诗词，至今许多佳句记忆犹新，如"十里春风送少年""遥望故园燕子斜"，等等。

在我眼里军东的为人就如同他的诗词一样，于平淡处显精神，随意时见真情。

军东嗜茶，自号曰"茶鬼"。无论瓜片、毛峰，还是猴魁、龙井，都可以一眼辨别出来。喜欢捏一撮茶叶轻轻放入玻璃杯中，开水急冲，然后静静地看叶片在杯中上下翻滚，浮浮沉沉，慢慢舒展开来，从而感受着人生如茶的妙境。

其人擅吹箫，"草原之夜"乃拿手曲目；喜弈棋，输赢毫不介意；尤爱写作，其文笔调流畅，气韵生动，纵为游戏笔墨，也有一股才情。

光阴荏苒，十年后的军东已经为人夫、为人父了，多多少少也消磨些了当年的豪气。但在这充满竞争的社会里，真希望他偶尔还能够记得曾经拥有的无羁岁月。

慢慢走·欣赏啊

王三少爷

　　王三少爷者，本名王磊，我之同窗好友也。因其姓王行三，好好事者送他这个雅号久矣。

　　少爷素有急智，一向是班级里的领军人物。作为歌迷的他曾经留了一头长发，在校园里很是洒脱不羁了一回，众人叹羡不已，以为又是一匹来自北方的狼。忽一日以背头形象步入教室，众皆惊呼，仿佛不认识他似的。少爷心里想，都望着我干什么？遂左手叉腰，右手一挥，作伟人状，道："同志们好！大家看书，看书！"众人一愣，大笑不已，

　　攻读工业自动化仪表专业的少爷在大学毕业前夕，竟然将大学讲师的岗位拱手让人，自己乐呵呵地进工厂下车间去了。极其有个性的少爷说，这才是他学有所用，兴趣所在的地方。

　　一段时间过去了，据说少爷在那家轮胎公司干得挺带劲。不久又传来消息，少爷已经改头换面，唤作"王轮胎"了。

老妹酿酒

鬼头鬼脑的老妹在厨房的拐角里一边东张西望,一边手忙脚乱地捣鼓着什么。当"笃笃笃"的敲门声响起的时候,她连忙站起来擦擦手,跑过去开门。一看——站在门口的原来是久未谋面的二叔。

那时正是中午,饭菜也刚刚上桌,还没来得及动筷子。平时很少喝酒的老爸一见是二叔来了,就欣欣然从碗橱里摸出两个酒盅来,回头叫老妹拿酒,可是却无人应声。老爸一愣,只好对二叔苦笑,自嘲道,你看,都听她妈妈的话,控制我喝酒呢。然而此刻老妹却不知道为什么躲在厨房里,紧张地看看这个,瞅瞅那个,眼睛死盯着墙角的几个酒瓶子不放呢。

老爸只得自己站起身来,进了厨房,随手从角落里或空或满的酒瓶中摸出一瓶来,放到桌子上。厨房里的老妹不由得吓地吐了吐舌头。"来,看看味道怎么样?"二叔笑了笑,斟了一小杯,轻抿一口,眼睛眯了起来。忽然他的眉毛皱了一皱,好像觉得有什么不对劲似的,但是什么话也没说,夹了一口菜,有滋有味地嚼着。

老爸很得意,"怎么样,味道还不错吧?"酒杯沾唇,"嗯? 不对啊,怎么味道就和水似的?"这时候二叔才慢吞吞地说,"我看就是水啊!"老爸回过头来,目光立刻刺向了可怜的老妹。"到底是怎么回事?"老妹有一点慌张,嗫嚅道,"我……我,我在这个空瓶子里倒了自来水,意思不就是想让你少喝点酒么,哪个会想到今天二叔来,你就认准了这一瓶呢?!"老妹偷偷瞟了一眼桌子上的赝品,有点不好意思地笑了。

邻翁种菊

　　我虽然不擅长养花种草,却也有着怜香惜玉的情感。清晨,站在窗前,欣赏着邻楼庭院里凌霜怒放的菊花,轻吟"我花开时百花杀"的诗句,实在是一件心旷神怡的事儿。

　　可惜的是,由于上班在外,给我以极好视觉享受的人家究竟是何许人也,却一直难以知晓。不过我想,能有兴致养花种草,至少他的生活应该是丰富多彩的吧。

　　有一天我正靠在窗前看书,忽听"吱呀"一声,那家门开了,一个老头走了出来,个子不算很高,挺有精神的。接着跟出来一位老太太,手里拿着一个水壶,应该是给花花草草浇水吧? 两个人边说边笑,显出很惬意的模样来。

　　后来慢慢地才知道,老头儿已经退休了,闲来无事便以养花种草为乐,而在花草之中,又以菊花为多。也许在他看来这是很自然的事情,但谁又能说,这位老人退而不休,愈老愈健的个性与"菊残犹有傲霜枝"没有相似之处呢。

　　有感于此,曾为这位老人赋得七绝一首。

　　诗云:萧瑟秋风夕照斜,却疑春色在邻家。

　　　　　精神不老真堪美,白发夫妻种菊花。

小巷里的生意人

　　这是一条不起眼的小巷，窄窄的，两辆出租车面对面地开过来，便有些转不过身来，成了"肠梗阻"。即使这样，还是早上有卖烧饼油条的，傍晚有卖凉皮麻辣串的。要知道，这里可是一块风水宝地啊！一排门面房正对着一家大医院，医生多，病人也多，做生意方便呗。里头的快餐店老板们摸着自己鼓鼓的腰包，颇有些志得意满。

　　虽然这些店面都不算大，却布置得井井有条。有那么几家竟然还有迎宾小姐立在门口，然而我总是怀疑她们是在照看挂在门外绳子上的香肠腊肉。老板娘同样不是一个凡角，一边张罗吆喝，一边蒸煮煎炒，十分麻利，仿佛还能看出点做姑娘时候眼眨眉毛动的机灵劲。

　　到了中午，巷子两头就会有饭菜的香气传来，于是医生护士以及患者家属都一个个杀向快餐店。尤其是那些本就苗苗条条的小护士，买个饭菜就和在家里一样，挑肥拣瘦，磨蹭半天。惹得个别性子急点的老板发毛了，她们便会装傻，坏坏一笑。一笑倾城啊，得，小老板眉一扬，手一拱，服了你！

　　平日里店主们都是邻居，互相照应着，但生意来了，那可是谁也不让谁的。老板娘在门口一站，自卖自夸又不贬低别人，只是淡淡说一句，在哪吃不一样呢。另一位艳羡地瞥了一眼，立刻转过头去，招呼另一拨客人了，并不失望，也来不及失望。

　　这本是一条普通的小巷，因了这些精明又不失厚道的生意人而充满着浓郁的生活气息。让每日穿梭在香肠腊肉之间的我们不由得深深感叹，原来我们的生活是这样的温馨动人……

"郭达"

　　记得我在中医学院学习时,常在梅山路口见到一位卖大米的年轻人,那面相,那嗓门简直和在春节联欢晚会上以"卖大米"起家的郭达一模一样。最可乐的是他在米袋子旁边还摆了个棋摊,没生意的时候就爱和别人杀几盘,很有几分以棋会友的味道。

　　可是他的棋艺实在是不怎么样。于是我常在边上自以为是地指指点点,他也不生气,还乐呵呵地称呼我"老师",很让我得意了一阵子。奇怪的是,这"郭达"赢了棋笑,输了棋也笑,且都笑得挺自然,挺开心。

　　如今想起这位"郭达"来,才知道他真的是生活的智者。养家糊口之余,下几盘象棋,对他来说,只是一件快乐的事情而已,何必刻意去计较一局棋的输赢呢。这样的生活虽然平凡,却也活得自在,活得充实。在这一点上,他应该是我的老师。

笑　笑

　　好几天没有吃上荤腥了，十二岁的笑笑捧着饭碗坐在门槛上闷闷地想。可是家里的那条小狗却不识时务，总是在他的腿脚边绕来绕去，摇头摆尾的。笑笑火了，随手从饭碗里扒拉几个饭团出来，转身对着屋里大声说道，"吃点饭就得了，我这几天都没得肉吃呢！"他爸爸一听，乐了。嘿，瞧这小子，拐弯抹角让我改善伙食呢！

　　听到这个故事，我笑着拍拍小家伙的肩膀，行啊你，真够聪明的。

　　笑笑是我的表弟，长得圆头圆脑，模样憨憨的，还整天笑嘻嘻的。但你千万别小看了他，此君生性顽皮，可是个早早晚晚没个消停的主儿。

　　每次回乡，总能见到他趴在地上，和几个邻家孩子轰轰烈烈地打玻璃球玩儿，即使"泥巴裹满裤腿，汗水湿透衣背"也乐此不疲。只见他眼睛盯着前方的玻璃球儿，小嘴微张，拇指食指一起用力，手里的玻璃球就笔直地弹了出去，且命中率特高。有一次他很得意地打开一个纸盒子给我看，里面的玻璃球至少有一百来个。我说你哪来的这么多，他一咧嘴笑了，我赢来的啊。

　　今年清明回乡，依然是在家门口的巷子里看到了激战正酣的笑笑。他一回头，看到了我。我一眼瞥见，假装累了，将一袋苹果放在地上，甩了甩胳膊。没想到他竟然跑过来，想替我拎回家去。我笑，想吃苹果了吧？没出声，两个小酒窝在脸上若隐若现的。嘿，小家伙有点害羞了。

　　哎呀，我们的笑笑同志总算长大一些了。

老爸趣事

在我们家，老妈一向是着装最为清爽整洁的。许是受她的影响，对衣服从不讲究的老爸竟然也很是注意起来。我们时常见他在穿衣镜前上看下看，左看右看，为衣服的颜色搭配大费心思。望着他一丝不苟的样儿，咱妈说他是老来俏。老爸便笑，"老来俏？俏也不争春喽！"

老爸烟瘾很大，三个"林则徐"也禁他不得。好好地坐在沙发上，一会人就不见了。老妈说，别找，准在阳台上。伸头一看果然如此。我笑道，"爸，毛主席说过哪八个字来着？"老爸装糊涂——"自己动手，丰衣足食"？——偏就不说那"星星之火，可以燎原"。你能有什么好办法？

最近我家迁入新居。老爸幽幽叹道，半辈子只有房子是自己的。我说咱爸可真是革命的老黄牛。老妹说，老黄牛是咱妈，老爸是革命的小老鼠。老爸一愣神，继而大笑——因为咱爸属鼠，咱妈属牛也。

以幽默作为生活的调味品，一家四口其乐融融，感觉真好。

校长逸闻

我的少年时代是在乡下度过的。那时我家住在一所小学里,老师倒不是很多,最有印象的还是那位姓解的校长,当时他好像已经是一个四五十岁的汉子了吧。

解校长的最大特点就是个子高、嗓门大,模样看上去凶巴巴的,实际上却是一个心地慈善不拘小节的人。一般这样的校长是没有多少人怕他的,果然有一天事情就来了。

有一个学生因为在课堂上说话挨了老师的批评,他妈妈可就不服气了,怒气冲冲地来到学校,大模大样往办公室里一坐,就唧唧喳喳说开了。解校长实在抵挡不了这位农村妇女多年练就的能够把芝麻说成西瓜的滔滔不绝的嘴皮子,那个急啊,尴尬啊,可就不用提了。

恰巧也到了放学时间,好多学生一下子全围了上来。大概是想看看校长怎么把这位打不得、骂不得、赶不得的妇女同志的情绪安定下来。可是解校长本来一肚子怨气就没处撒,一看门口围上了很多学生,火气再也按捺不住,几步跨到门口,吼道,"看什么看啊,放学!!"

学生们一看不好,校长吼人了,乱哄哄地顿作鸟兽散。"攘外必先安内"嘛,现在可以回头对付那位家长了,但校长一回头,竟然发现已经找不到自己的对手了。事态虽然平静了下来,可解校长也真的不知道那位妇女同志什么时候走的,他还奇怪着呢。

几天后答案出来了。一位老师在和街坊拉家常的时候,才知道那位

慢慢走,欣赏啊

妇女是被校长的话"吓"跑的——她在和别人闲扯时说，"你们都说那个解校长怎么怎么的好，我看他凶得很呢！和他吵架，他竟然到门口喊人，说是要给我'放血'！！"

第七辑 诗词选辑

知己赠答

醉东风　与绿茶一盏酬唱

风斜雨细,谙尽秋滋味。枫叶有情红欲醉,帘卷佳人初睡。
几回梦里低吟,玲珑一片诗心。袅袅清茶如酒,高山流水听琴。

写于 2013 年 12 月 14 日

附　绿茶一盏原玉:

醉东风　赠临风醉墨

春风细细,燕语花间碎。绿柳新词留客醉,夜半烹茶相对。
稼轩妙句频吟,棋盘对弈知音。醉墨临风写意,窗前月满桃林。

调笑令　赠阿黛

阿黛,阿黛,诗写人间百态。天光月影无边,青春依旧少年。年少,年少,一抹低眉浅笑。

写于 2014 年 1 月 17 日

水龙吟　赠狗尾草

案头一卷诗书,岂能埋没男儿气。云烟盈纸,当年爱恨,欢颜清泪。字里行间,情浓墨饱,纵横游戏。漫人间留得,阳春白雪,空回首,何人继。

遥想镜轩门第,见萧萧梧桐憔悴。潇洒依然,书家风骨,诗人风味。独倚窗前,一轮明月,人生如寄。且临风一笑,逍遥剑舞,为兄台醉。

写于 2014 年 5 月 8 日

贺新郎　与绿茶一盏同赏樱花，赋长调赠之

放眼人间世。溯生平，知交散落，今能余几？年少轻狂空寰宇，自许谪仙游戏。看浩荡天风万里。霎那芳华归去也，到如今闲恨无由避。况世味，薄如纸。

茶君相伴成知己。看樱花，风吹花落，风吹花起。咏絮妙才人素淡，明澈秋波如水。更有那，诗心清丽。翰墨淋漓词笔健，愿天涯咫尺相沉醉。长醉在，墨香里。

写于 2014 年 5 月 19 日

慢慢走，欣赏啊

咏物明心

沁园春　雪

何处相逢？六出冰花，洒向尘埃。访虬姿古貌，凌霜劲柏，淡妆疏影，傲骨寒梅。乱写三春，天仙醉酒，十万梨花四处开。风流甚，漫天涯飘荡，诗意情怀。

无言独坐幽斋，对万里江山指点来。愿腰横秋水，裹尸沙场，案悬金印，跃马高台。虎啸风生，龙腾云聚，早以家为何谓哉。真豪杰，莫吟诗感旧，抚剑生哀！

写于 1991 年 12 月 22 日

踏莎行　梅

斗雪心坚，凌霜骨傲，静观桃李三春闹。云崖险岭自风流，暗香浮动花开早。

铁干虬姿，高风古貌，惹来蜂蝶翩翩绕。盎然生意喜迎春，春光好处花枝俏！

写于 2008 年 3 月 5 日

七绝　桃花

诗书抛却去寻春，
千树桃花梦里身。
邀宠东风心意足，
浑然不识旧时人。

写于 2009 年 3 月 24 日

慢慢走，欣赏啊

鹧鸪天　竹

出世凌霄曲径幽，虚心直节度春秋。生来便有高行骨，怕甚风
波怕甚愁。

心未已，志难收，一顷葱绿入云头。竿竿翠竹皆如剑，刺向龙庭
万户侯。

写于 2009 年 7 月 15 日

卜算子　荷

露洒小荷圆，飒飒迎风举。偶有闲情独自行，池上清如许。
水映女儿姿，魂逐心潮去。留得盈盈一段香，且待蜻蜓舞。

写于 2009 年 7 月 19 日

雨霖铃　雪

雪花初落，只零星几片，漫飘掠。曾经多少风雨，应莫怪世人难知觉。乃是天仙，打碎冻冰崩微屑。欲把盏，瓢饮长河，却使梨花乱飞越。

山山水水成风月。看红梅，已把三春携。细寻意气坚韧，人道在傲骨霜叶。忽看枝头，远远飞来，立个灵鹊。且笑问：今岁将归，有几多收获？

写于 2009 年 11 月 16 日

七绝　雪

红梅几朵傲霜开，
满目萧然志不衰。
生怕人间无好景，
盈盈仙女散花来。

写于 2010 年 2 月 11 日

卜算子　荷

碧水叠青钱，娇蕊浮清露。玉立亭亭自在香，裙袂翩翩舞。
借问惜花人，谁解花中语？倩影凌波不染尘，笑对风和雨。

写于 2011 年 7 月 3 日

五律　荷

出水亭亭立,迎风最可怜。

幽香清入梦,素影淡含烟。

月下神尤韵,雨馀色更鲜。

濂溪今若在,重赋爱莲篇。

写于 2011 年 8 月 7 日

行香子　竹

质洁心清,滴翠如屏。斗风霜,怀抱空灵。谦谦君子,落落仪型。让暑天卧,雪天看,雨天听。

虚心亮节,傲品高行。历炎凉,不避阴晴。撑天遮日,风走云停。倩与可画,东坡唱,板桥评。

写于 2012 年 3 月 20 日

南歌子　蒲公英

河畔轻盈态,田间淡泊香。心安随处是家乡。静看桃红李白蝶儿忙。

质朴无人赏,清新不自伤。犹能点染好春光。纵有风吹雨打也含芳。

写于 2012 年 4 月 9 日

七绝　蔷薇

蔷薇花放夏初临,
满架荫凉自浅深。
小径徘徊人隐约,
清香一脉染衣襟。

写于 2012 年 4 月 29 日

腊前梅　独赏腊梅

为逃俗世厌逢迎，特特访卿卿。风骨露峥嵘，自有那，枝桠纵横。

羞传春信，惭邀莺燕，一缕冷香萌。待到百花盟，且休问，前生此生。

写于 2014 年 1 月 10 日

忆秦娥　茉莉花

心欢悦。瑶池喜见春光泄。春光泄，幽香暗袭，素衣如雪。
清新脱俗仙班列。花开花落凭谁说。凭谁说，诗情跌宕，朗怀明澈。

写于 2014 年 6 月 22 日

七绝　昙花

夜深来赋赏花诗，
正是绵绵细雨时。
欲掩娇羞儿女态，
花开不教众人知。

写于 2014 年 9 月 2 日

自在闲情

七绝　秋吟

秋光依旧逐花游，
枫叶如丹曲径幽。
吟得诗成无纸笔，
不留片字也风流。

写于 2007 年 2 月 23 日

七绝　秋吟

骚人何必总悲秋，
书剑飘然作壮游。
留得青莲豪气在，
拘泥一格是书囚。

写于 2007 年 2 月 23 日

七绝　秋夜，闲来读诗

独倚楼栏月影斜，
清风摇曳思无涯。
书生依旧多诗味，
坐对南窗吐笔花。

写于 2007 年 10 月 18 日

七绝　秋夜，闲来读诗

良辰正值少年时，
云淡风轻月上迟。
应是有情无处着，
倚窗闲读板桥诗。

写于 2007 年 10 月 18 日

七绝　月下倚栏

黛痕一抹暮烟浓，
柳絮垂飘送晚风。
独倚楼栏斜月里，
新思旧梦两朦胧。

写于 2008 年 3 月 15 日

七绝　春郊闲走

燕子斜飞柳叶黄，
于无人处野花香。
春郊闲走优游甚，
独坐田畴对夕阳。

写于 2008 年 3 月 29 日

满庭芳　春

绿洒芳郊，红飞碧树，陌上满目花燃。檐前屋后，燕子携春还。随意东西南北，风拂面，喜上眉弯。山初醒，轻揉睡眼，一笑两相看。

花开花自落，年去年来，春色依然。莫空惜光阴，泪溅春残。且把高情逸致，都付与，碧水苍烟。逍遥处，临风醉墨，漫泛武陵船。

写于 2008 年 4 月 24 日

南乡子　夏日即景

夹岸柳丝长，疏影摇风展素妆。白发棋翁人对坐，斜阳，无语闲观甲乙方。

倩影淡含芳，浣女娉婷出翠篁。低唱黄梅风扑面，清凉，一片砧声带月忙。

写于 2008 年 7 月 14 日

唐多令　中秋

帘卷晚风收,清光入小楼。与嫦娥,天地同游。梦绕心飞何处去,星河静,是中秋。

空白少年头,诗情不肯休。步中庭,往事悠悠。夜半灯前闲得句,沉吟处,自风流。

写于 2008 年 9 月 13 日

七绝　雨后山行

雨后闲行大蜀山,
田敲蛙鼓树鸣蝉。
小虫也似知风雅,
争与诗人唱往还。

写于 2009 年 8 月 8 日

七绝　七夕

天上人间未了情，
一年一度鹊桥横。
葡萄架下谁闲坐。
听取牛郎私语声。

写于 2009 年 8 月 26 日

七绝　邻翁种菊

萧瑟秋风夕照斜，
却疑春色在邻家。
精神不老真堪羡，
白发夫妻种菊花。

写于 2009 年 10 月 18 日

慢慢走，欣赏啊

五律　游园

偶至芳园里,欣然赏翠荷。

池清鱼戏水,风淡鸟鸣坡。

人去诗情在,闲来野趣多。

心舒天地阔,枕石梦一柯。

写于 2010 年 7 月 13 日

卜算子　赴大圩摘葡萄

雨后果园行,醉了清新夏。忽听田间着意呼,玛瑙枝头挂!

人面似桃花,叫卖荫凉下。换得双亲片刻闲,促膝欢情洽。

写于 2010 年 8 月 30 日

卜算子　赴大圩摘葡萄

黄犬卧田头,欲走心还怕。村女温柔唤入门,作势轻轻打。
翁媪鬓如霜,闲坐槐荫下。若问丰收笑更欢,遥指葡萄架。

写于 2010 年 8 月 31 日

水调歌头　时近中秋,步稼轩韵

独坐幽斋久,风起小窗开。月圆花好时节,一岁一轮回。且喜
文君司马,更有化蝶梁祝,来往莫相猜。一枕甜香梦,拂柳美人来。

扶苍柏,飞天去,踏青苔。瑶池闲步,唤个玉兔共倾杯。今夜清
辉似水,桂影荫凉如盖,洒落几欢哀。醉向青天问,此树是谁栽?

写于 2010 年 9 月 20 日

鹧鸪天　读稼轩词

磊落生平滋味长，诗魂宛在《贺新郎》。怜他报国情深切，空有林泉别样忙。

今古事，费思量。沉吟不觉夜风凉。却惭频惹妻嗔妒，长伴茶香与墨香。

写于 2010 年 11 月 13 日

卜算子　病中戏作

镇日苦奔波，听任光阴泻。一病偷来几日闲，善学庄周者。睡起日三竿，胜似神仙舍。万事如今不挂心，一席清风也！

写于 2010 年 11 月 16 日

荷叶杯　听雪夜读

昨夜听风听雪，痴绝。漫作少年行。人生见惯霎阴晴，不废旧时情。

谁有闲心如我，归卧，雪夜读书时。茶香一缕最相宜，枕畔几篇诗。

写于 2011 年 1 月 4 日

鹧鸪天　闲题

曲径寻芳步绿苔，红梅几朵携春回。关河难锁东风信，草树欣披锦绣晖。

谁共我，踏青来。花开时节且徘徊。哪家情侣传幽愫，笑语温柔石上偎。

写于 2011 年 2 月 12 日

七律　夜读

辗转中宵睡不成，挑灯读史且怡情。
纱窗映月疑天晓，疏叶摇风诧雨声。
宅远傍郊随客至，夜深惊梦听蛙鸣。
掩书轻叹思今古，闲看晴空三两星。

写于 2011 年 6 月 15 日

七律　偶题

盎然诗意起吾庐，风送清凉六月初。
兴到临池新磨墨，性慵懒读旧藏书。
荆妻质朴辛勤惯，良友奔忙晤对疏。
自是人生滋味足，酸甜苦辣似江湖。

写于 2011 年 6 月 23 日

南歌子　乡下喜雨

溅玉檐前舞,飞珠瓦上鸣。闲听滴答似瑶筝。别有盎然滋味漾诗情。

雨洗乾坤净,春来草木生。阶边浅绿柳风轻。且待踏青时节踏歌行。

写于 2012 年 2 月 12 日

调笑令　清明即景

溪水,溪水,脉脉清波十里。茂林深处人归,垂杨影外鸟啼。啼鸟,啼鸟,唤得花开春早。

写于 2012 年 4 月 5 日

调笑令　清明即景

　　闲走，闲走，拂面柔风如手。谁家女子心思，河边轻抚柳丝。丝柳，丝柳，遮掩情郎远候。

写于 2012 年 4 月 5 日

七律　夜吟

　　春花渐老送啼莺，辗转无端睡不成。
　　破纸斜裁题旧稿，矮床闲坐守书城。
　　纯真格调平添韵，自在诗心别有情。
　　难得今宵新雨后，吟哦声里晚风轻。

写于 2012 年 5 月 14 日

七绝　月夜赏梅

蟾光如水映仙姿，疏影横斜三两枝。

莫道此花真逸品，几人来赏未开时？

写于 2013 年 12 月 27 日

慢慢走，欣赏啊

定风波　读诗

闲坐冬阳自在吟，书中袅袅绕梁音。闭目敲诗心散淡，轻叹，阿谁剑胆共琴心？

五短身材人傲岸，休管，迎风独立散衣襟。世事随缘如梦幻，经惯，笑看得失到如今。

写于 2014 年 1 月 17 日

蝶恋花　踏雪探梅

　　铁干虬姿临水岸，一缕幽香，风月谁人管？无语看花心更乱，清愁搅得痴肠断。

　　飞雪连天春意满，独上溪桥，已是归来晚。莫道情深悲聚散，离人更有千千万。

　　　　　　　　　　　　　　　　写于 2014 年 2 月 18 日

遣兴抒怀

七律　遣怀

愧余自幼慕鸿儒，为医为文兴不孤。

吟诗原非图破壁，泼墨唯愿见真吾。

魂牵华夏沧桑事，身在乾坤风雨庐。

肝胆铸辞何足论，安民济世乐悬壶。

写于 2008 年 5 月 16 日

七绝　秋吟

西风瑟瑟赴寒秋，赚得诗人多少愁。

何日消磨脂粉气，凌烟阁上看吴钩。

写于 2009 年 9 月 28 日

七律　怀熊自忠医师

噩耗惊闻意态痴，无言忍作送行诗。
尘缘幻灭生前看，人世炎凉死后知。
笑语如春曾醉我，光阴似水更思谁？
今从院落寻常过，仿佛当年初遇时。

写于 2012 年 1 月 8 日

七律　书生气

身在红尘似网罗，稻粱谋得苦奔波。
粗疏只为无城府，耿直偏教有折磨。
性喜苏辛诗味隽，情耽山水履痕多。
书生气足终难弃，怅立霜天独啸歌。

写于 2013 年 1 月 14 日

鹧鸪天　生日，恰是风雨天气

刹那芳华卅九春，年年依是病中身。每经风雨情怀好，常诵诗文意趣纯。

心朴拙，性淳真。世间喜为读书人。悲欢过眼成余事，唯有案头笔墨新。

写于 2013 年 1 月 22 日

鹧鸪天　知交散落，有所思

四十年来五味陈，与谁酬唱共芳辰。红尘辗转天涯路，寒雨飘摇梦里身。

心质朴，性天真。扬眉笑傲不须颦。吟成一曲情深重，灯火窗前忆故人。

写于 2013 年 2 月 12 日

鹧鸪天　吾不善饮酒，戏作

人到中年感慨深，红尘如海任浮沉。常存善念终成佛，别有诗情可洗心。

思往事，待追寻。不妨随处卧花荫。细君劝学刘伶醉，物我两忘酒自斟。

写于 2013 年 3 月 19 日

满江红　遣怀

寒露侵天，微透出，一丝凉意。闲倚枕，听风听雨，披衣身起。独坐窗前思往事，茫茫人海寻知己。如霸王举鼎力拔山，诚非易！

风雨过，云天霁，一剪梅，清香溢。并非全是满眼凄凉地。愁绪万千抛去后，增添一段男儿气。笑当日，旧梦不堪追，皆儿戏！

写于 2014 年 1 月 7 日

鹧鸪天　四十岁生日

小住红尘四十春,沉吟疑是梦中身。诗情跌宕闲难得,本色依然性率真。

同苦乐,共艰辛。与谁笑看月一轮? 繁华过眼成余事,闲指梅花似那人。

写于 2014 年 1 月 22 日

七律　遣怀

淋漓翰墨上高台,谈笑风生亦快哉。
尘世变迁原似梦,人情素淡自无猜。
烟霞有兴邀重赏,风雨难期不再来。
心静无妨居闹市,朗怀常对酒樽开。

写于 2014 年 6 月 17 日

五绝　有所思

一介草民心，
哪堪岁月侵。
鸡鸣愁看剑，
夜夜费沉吟。

写于 2014 年 7 月 6 日

山水履痕

浪淘沙　猴子望太平

　　万古话东瀛，石破天惊。钢浇铁铸闹龙庭。雄杰哪堪权贵使，头角峥嵘。

　　峰上望太平，不避阴晴。欺风傲雪性空灵。偶到凡尘何忍去，自是多情。

写于 2007 年 4 月 21 日

浪淘沙　梦笔生花

　　雨拭远山柔，望断云头。轻吟长啸赋狂游。秃笔生花真一梦，梦也须留。

　　无处唤风流，力薄心收。此时不比昔时愁。好句常邀朋辈赏，更有何求？

写于 2007 年 4 月 21 日

浪淘沙　飞来石

空有补天才,落在尘埃。一生襟抱未曾开。历尽沧桑千万载,冬去春来。

尘世几欢哀,何足道哉?上天入地好情怀。不思瑶池花似锦,共汝徘徊。

写于 2007 年 4 月 21 日

扬州印象三首

一

金风送爽个园秋，
赏石观泉意未休。
一笑悠然归去也，
从兹最忆是扬州。

二

偶从闹市寻河下，
古道长街几度游。
朴素民风今胜昔，
教人想见旧扬州。

三

爽气西来十月初，
宜人秋色瘦西湖。
扁舟一叶波如镜，
携得诗情入画图。

写于 2008 年 10 月 3 日

慢慢走，欣赏啊

镇江金山寺

尘洒征衣客路长,
七峰亭上好风光。
葱茏山色春波绿,
入梦频回是镇江。

写于 2008 年 10 月 4 日

贺新郎 泛舟逍遥津

一派云天阔。泛轻舟,碧波荡漾,水烟寥廓。远影濛濛三四点,知是潇潇雨歇。春色里,亭台楼阁。掩映垂杨迎客到,踏青来,不负清明节。山与水,成风月。

心潮澎湃诗情发。得佳句,临风送目,絮飞如雪。闲过光阴空怅惘,一梦平生谁先觉?唯有那,南阳诸葛。人在画中抒壮志,看擎天立地心怀烈。堪耻笑,五湖客!

写于 2009 年 4 月 19 日

行香子　游三河镇

小镇初游,思绪谁收。踏青来,蝶舞花羞。人闲心静,云淡风柔。赏城中河,河畔柳,柳边舟。

杨家宅院,将军陈迹。历遍了,多少春秋。水乡寻故,往事悠悠。访老街巷,古战地,旧城楼。

写于 2010 年 4 月 12 日

鹧鸪天　车行富春江上

草长莺飞万物苏,富春江上往来初。生来偏爱佳山水,羞作人间一腐儒。

千里路,十年书。山川美景绘新图。眼前但有风光好,管甚长途接短途。

写于 2012 年 4 月 24 日

清平乐　富春江上

波平天远，人立斜阳岸。雨润山花生意满，正是春情无限。
水天一色茫茫，江南神韵悠长。眼底风光如画，心头不尽思量。

写于 2012 年 4 月 24 日

七绝　富春江归来

春上江南杨柳枝，
宜晴宜雨踏青时。
归来检点凭谁问？
一肩行囊几首诗。

写于 2012 年 4 月 24 日

卜算子　舟行泰州湿地公园

几处旧池台，一曲桃花水。岸柳多情系客舟，衣袂风吹起。
咿哑橹声闲，春已归来未？啼鸟穿花不避人，人在行云里。

写于 2013 年 3 月 25 日

好事近　泰州湿地公园

野水点轻鸥，窥破一池春色。行到密荫深处，探花开消息。
清潭涨绿小舟横，潺潺水流碧。驿路欲归无计，有柳丝牵客。

写于 2013 年 3 月 26 日

菩萨蛮　巢湖，遇渔家荡舟捕鱼

扁舟一叶烟波里，水天相接歌声起。风静晚来初，岸边呼卖鱼。

朴拙辛勤惯，名利闲中看。生计水为田，逍遥胜似仙。

写于 2013 年 9 月 1 日

七律　植物园偶题

园亭草树浴斜晖，极目神游到翠微。

林下风来知鸟过，湖边影动有船归。

几人寂寞诗还在，万木萧条雁正飞。

一叶翩然一叶落，明春花好柳依依。

写于 2013 年 12 月 6 日

七律　春过赤阑桥

杨柳迎风舞楚腰,春波绿映赤阑桥。
红颜一曲征帆尽,白石千年客梦遥。
过往行人今似昔,淳真风物笛和箫。
暗思天下小儿女,相守终身不寂寥。

写于 2014 年 3 月 10 日

恋家怀人

临江仙　寄友人

　　青鸟频传相思句,窗前愁对秋风。飘零无处话萍踪。几多月色,赊得总成空。

　　望到月圆人影瘦,离情尽托征鸿。关山万里几时逢。天涯唱和,尽在梦魂中。

写于 1993 年 10 月 6 日

南乡子　遣怀

　　聚散两茫茫,空惹他人论短长。正是秋风生渭水,难忘,犹记情辞日万行。

　　着意苦寻芳,恨不临风醉一场。世事随缘无得失,思量,又是蟹肥菊花黄。

写于 1995 年 11 月 28 日

七绝　忆故知

曾记梦回月下时，
携君素手步迟迟。
纵然未订三生约，
合向春风忆故知！

写于 2007 年 3 月 5 日

七绝　忆故知

楼台独坐忆芳姿，
检点皮囊几首诗。
雨洒长街都是泪，
情多未必少年时。

写于 2007 年 3 月 5 日

七律　读旧时书信有感

天涯相隔叹流年，诗写三生得失缘。
羞向人前夸好句，每于静处忆红颜。
夜焚积稿肝肠碎，晓摒清愁意态闲。
纵使闲时犹念念，几回开启旧书函。

写于 2007 年 3 月 5 日

贺新郎　问烛

独剪西窗烛，有多少闲愁闲恨，乱吾心曲？我欲问君人间事，伫立缘何不语？毕竟困人情深处。尘世茫茫难自料，看乾坤，都被欢情误，人去也，留不住。

绵绵情意成辜负，问当时，萧郎去后，有人来否？咫尺天涯成过客，忍泪悄然归去，一卷情诗无人付。今夜轻寒多风雨，笑书生，依旧心如故。种下了，相思树。

写于 2007 年 3 月 11 日

水龙吟　晚来逢雨

晚来已是轻寒，奈何又对潇潇雨。朦胧泪眼，窗前枕上，低吟相续。寥落琴心，灯摇孤影，伴人清苦。有盈盈一水，微波荡漾，似知我，传幽愫。

犹识天涯归路。寄春情，相逢何处？天南地北，疑真疑幻，几多凄楚。芳草情深，悄然无语。千思万绪。待他年得遇庐城而后，欢颜长驻！

写于 2007 年 3 月 11 日

七绝　枕上得

杨柳春风四月天，
闲花矮草恼人眠。
夜深遍读相思句，
已失三生石上缘。

写于 2007 年 3 月 14 日

贺新郎　偶题

　　未了相思债，顾苍茫，风光依旧，那人何在？过眼烟云多少事，唯有痴心不改。恐是今生情难再，咫尺天涯无限恨，立残阳，不悔宽衣带。愁来也，笑相待。

　　尘缘得失谁能解？想当时轻狂一梦，情深似海。不意萧郎成过客，剩下无牵无碍。一世困人情与爱。难得今朝心境好，叹何人，超出凡尘外？毕竟是，天地窄！

写于 2007 年 3 月 17 日

七律　枕上得

漫展花笺别绪长，清风犹自送幽香。
联翩好梦随飞絮，明灭寒星漏碧窗。
人在天涯量日月，情到深处话悲凉。
灵犀一点通诗韵，谁为伊人拭泪裳？

写于 2007 年 5 月 11 日

定风波　相思

万里风尘别绪长,天涯书剑两茫茫。聚散匆匆眉不展,魂断,清风空送月回廊。

学得愁边离别句,归去,也曾梦里对红妆。梦破灯残相思泪,无寐,且随天地共凄凉。

写于 2007 年 11 月 1 日

念奴娇　遣兴

人归何处? 忆朝晖夕照,情谊长伴。屈指三年真一梦,犹记春风人面。掷笔低吟,温馨倩影,常在西窗见。轻颦浅笑,无言也是依恋。

一别深惜分阴,当初因甚,看得韶光贱? 几树垂丝千万缕,剩有雨帘风片。燕懒莺娇,蜂愁蝶怨,一样情难遣。花笺初展,萧郎词笔题遍。

写于 2008 年 8 月 3 日

菩萨蛮　望远

江山雨后花枝艳,小桃几朵如人面。西北有高楼,清溪门外流。
无言人自去,肠断横塘处。试看水悠悠,中间多少愁。

写于 2009 年 3 月 24 日

踏莎行　望远

三十年来,痴心难改。胸襟坦荡情如海。堪怜那个可人儿,明
眸闪出新风采。

独倚楼台,问君何在? 天涯咫尺红尘外。不须处处问相思,相
思自有相思债。

写于 2009 年 4 月 24 日

七律　怀人

人生风雨一支箫，风雨兼程征路遥。
此去经年伤往事，几曾回首立中宵。
春来懒看檐前燕，心碎怕听雨后蕉。
梦里佳人能到否？闲愁闲恨为君消。

写于 2009 年 6 月 23 日

临江仙　遣怀

独倚楼台离恨远，魂销倩影尘封。关山望断万千重。天高归雁杳，日落晚霞红。

无可奈何人去也，一轮凉月朦胧。飞花飘叶各西东。情深堪携手，尽在不言中。

写于 2009 年 9 月 7 日

七绝 时近中秋，偶得

怡人天气近中秋，
帘卷清风入小楼。
堪爱蟾光凉似水，
良辰今夜与谁收？

写于 2009 年 9 月 30 日

洞仙歌 遣怀

重来故地，听绵绵春雨。回首当年断肠处。谱新声，一派潇洒风流，能消尽，闲恨闲愁几许？

有情缘已失，遥想萧娘，谁与芳姿相尔汝？往事不堪追，四顾苍茫，情深处，凭栏无语。任暮霭沉沉罩西楼，愿梦到天涯，暗随伊去。

写于 2012 年 2 月 25 日

钗头凤　遣怀

　　秋容淡,春光绚。岁华如水人间换。情深厚,心依旧,可曾梦得,携君纤手？有！有！有！

　　天涯远,人离散。还寒时节愁肠断。哀回首,沉吟久。倩谁忘却,楚腰如柳？酒！酒！酒！

写于 2012 年 3 月 1 日

七律　中秋

　　风轻云淡近中秋,无语凭栏句未酬。
　　年少怎知乡土好,情深顿起故园愁。
　　心牵村落天涯暖,梦逝韶华鬓角偷。
　　多少江湖飘泊客,一时月下尽回头。

写于 2012 年 9 月 30 日

菩萨蛮 夜来独坐

晚来微有些儿冷,霜风阵阵心难定。移枕梦还醒,静听天籁声。
频频呵冻手,独坐沉吟久。写得数行诗,不知寄与谁。

写于 2012 年 12 月 6 日

南乡子 梦外公

梦里相逢,依然识得旧音容。辗转人情谁做主？归去,已隔天
涯生死路！

写于 2012 年 12 月 9 日

七绝　炊烟

长把他乡作故乡，
归来深觉酒偏香。
家家皆是炊烟起，
垄上行吟趁夕阳。

写于 2014 年 7 月 6 日

五绝　有所思

疾雨打疏窗，
恼人思绪长。
知君情意重，
不觉夜风凉。

写于 2014 年 7 月 6 日

张敞画眉

卜算子　闺思

幽巷雨敲窗,独坐挨风月。线绕指尖寂寞深,怎比情深切。
欲约意中人,皓腕肌如雪。粉面含羞不肯言,暗祝同心结。

写于 2009 年 6 月 30 日

七绝　大年初二,与妻回娘家

轻舞飞扬六出花,
琼枝玉树洁无瑕。
喜看多少小儿女,
踏雪缓行赴外家。

写于 2010 年 2 月 15 日

卜算子　雪霁与妻游园

携手步芳园，乱染桃花雪。一树寒梅十里香，枝上栖黄蝶。
雪霁见晴阳，娇蕊春光泄。侠骨柔肠傲百花，引领东风也！

写于 2010 年 3 月 8 日

清平乐　妻晚归，心甚不安

华灯初放，独倚楼台上。暮色苍茫空怅望，不觉心头鹿撞。
眼前寂寞缠身，欲惊还怕情真。忽听门铃响处，几时立个佳人？

写于 2010 年 11 月 28 日

定风波　拟与妻上街欢度圣诞节

三十余年志趣纯，书生气格最精神。自有贤妻堪作伴，轻叹，虫鱼花鸟更清真。

今夜狂欢随意走，牵手，亲情直到白头新。一世姻缘谁做主？听取，何如爱惜眼前人？

写于 2010 年 12 月 25 日

如梦令　妻生日，无礼物相赠

一片鹅毛千里，亦是深深情意。平淡度佳期，拱手一言成礼。"娘子，娘子，人美更兼心美！"

写于 2011 年 2 月 3 日

定风波　妻驾新车屡屡划伤，劝之

车似美人娶进门，旧痕仍在覆新痕。辗转夜来魂梦断，微叹，无言独坐泪频频。

老去方知情冷暖，听劝，病来稍识药君臣。事未经过终觉浅，多练，熟能生巧巧通神。

写于 2011 年 8 月 14 日

南歌子　晚来与妻靠床头聊天

质朴心无垢，清纯语益真。床头斜坐织衣巾。别有居家风味乐天伦。

身暖知春近，情深似酒醇。眼波流盼频飞云。纵是尖酸耍赖也撩人。

写于 2012 年 2 月 4 日

浣溪沙　与那人访秋

枫叶红时特地晴,林荫深处有谁行? 嘤嘤私语怕人听。
嘴角似嗔还似怨,眼波含笑更含情。惯将人恼是卿卿。

写于 2013 年 11 月 17 日

乡情萦绕

鹧鸪天　二十年后再返乡

二十余年跌撞行，知交散落倍凄清。风尘辗转乡音重，父老犹疑问姓名。

游子意，故园情。沿途光景喜还惊。儿时庭院今依在，别有人家笑语声。

写于 2010 年 12 月 3 日

荷叶杯　春节返乡书所见

又是一年欢会，沉醉。情在酒偏香。云开雪霁早还乡。梅蕊正含芳。

焰火满天璀璨，闲看。父老笑颜红。儿童街巷蹿西东。佳节乐融融。

写于 2011 年 2 月 5 日

七律　雨霁偕妻探母

春雨潇潇气象新，思儿情切度晨昏。
乡音入耳疑家近，浊酒盈杯觉意淳。
鸟不知名鸣翠竹，松堪成阵护蓬门。
盼归恐惹芳邻笑，且坐檐前逗稚孙。

写于 2011 年 6 月 27 日

点绛唇　新年

雪舞飞扬，喜迎新岁胸怀畅。浅吟低唱，心醉欢情漾。
村舍东头，忽见花开放。凝神望。诗思飘荡，落在梅枝上。

写于 2012 年 1 月 21 日

南歌子　春节回乡，亲友诸事细细问询，甚是难答

不晓油盐事，犹存笔墨情。心田半亩好经营。又是一年春到苦无成。

身共红尘老，愁随白发生。窗前闲坐厌逢迎。且把儿时往事问卿卿。

　　　　　　　　　　　　　　　　写于 2012 年 1 月 28 日

慢慢走，欣赏啊

古今正气

浪淘沙　神舟七号发射成功

无畏对艰难,力挽狂澜,游龙翻舞白云端。玉帝躬身仙子笑,共赏奇观。

回首等闲看,报国心丹,上天入地挂征帆。唤起中华狮子吼,再越雄关。

写于 2008 年 9 月 25 日

虞美人　岳飞

金牌十二朱仙镇,千古留遗恨! 可怜慈母刺"精忠",却令将军高唱《满江红》。

风波亭上风波恶,哪得骑黄鹤? 等闲生死向刀兵,自是雄风宛在万人英。

写于 2009 年 6 月 2 日

七律　屈原

艾叶飘香侠骨香,教人犹念汨罗江。

悲歌一曲惊天问,往事千年悼国殇。

凛凛英才唯楚有,绵绵遗恨至今伤。

龙舟飞处烟波里,肝胆长争日月光!

写于 2010 年 6 月 16 日

念奴娇　辛弃疾

铜琶铁板,继东坡,高唱大江东去。漫泛轻舟豪气在,出没鹅湖深处。吟赏烟霞,寄情山水,敢忘神州路? 当年乡土,胡尘铁骑狼顾。

记得壮岁南归,美芹十论,家国成烽火。纸写江山三万里,梦断横戈西戍。武略文韬,林泉托付,此恨凭谁诉? 频添白发,镜中浊泪常驻。

写于 2010 年 10 月 31 日

忆秦娥　神九飞天

心欢悦。龙翔凤舞临天阙。临天阙,银河飞渡,揽云追月。

乾坤喜展辉煌页。广寒宫冷肝肠热。肝肠热,渺茫星际,有人来阅!

写于2012年6月22

定价：59.00元

ISBN 978-7-5676-1721-6

9 787567 617216

责任编辑：胡志恩

装帧设计：姜国芳

责任印制：郭行洲